MARIA MORENO

Sin Escape

Publicado por
D'har Services
P.O. Box 290
Yelm, Wa 98597
www.dharservices.com
info@dharservices.com
dharservices@gmail.com

Carátula© Xiomara García
Fotografías carátula: © Asia Yakushevich | Dreamstime.com

ISBN-13: 978-1-939948-39-7

Publicado en los Estados Unidos de América

ÍNDICE

Maria Moreno nació en Bogotá, Colombia. Desde niña escribe poemas y relatos, además compone bellas letras para canciones.

Ella expresa: "Duermo tranquila, para mi vivir es emocionante, tengo amigos y no veo enemigos porque he descubierto la seguridad".

"sin obtener nada por la experiencia adquirida, la distancia llora sobre el pozo de agua porque esta sedienta. Una mente en calma ve únicamente cada día para que no venga la preocupación. Cada circunstancia tiene su propio esfuerzo, el ser perfecto es como un espejo recibe, pero no conserva, de igual forma no hay mejor camino que el propio".

Su primer libro titulado "Descubre Tu Ser" y el segundo "Un Beso Mil Abrazos", fueron publicados en el 2015, con D'har Services Editorial Arte en Diseño Global, su obra se encuentran disponible en: www.amazon.com

INTRODUCCIÓN

Los fantasmas vociferan resentimientos infinitos que valen muy poco, a veces se ríen internamente para no mirarnos. Nunca antes tuvieron conocimientos enteros de la esencia del circulo o de cuánto dolor hay detrás de la desolación acumulada. Sus horrores se pierden en el sufrimiento, mientras vacilan entre la atroz indiferencia de no decir nada y la irrisoria torpeza que oscila sobre la crueldad. Su calvario es la llave de la tenacidad, están dispuestos a seguir hacia atrás, desgarradamente soportan la mezquindad y la malevolencia de la crítica.

Son fantasmas que soportan la infinita soledad, aunque para su propio colmo fracasan porque nadie ve su vulnerabilidad. Cargan con el chiquero del miedo humano y con la fatiga del muerto frío. Están solos, oyen sus gritos, ven sus gestos, gruñen a solas y por largos momentos son eternos. Aquí en la tierra oímos sus movimientos, vigilamos sus espaldas, atravesamos sus tiempos, aunque no comprendemos sus pesadumbres.

Toda la vida de Natacha Madero fue un perpetuó encuentro de querer lo que ya no poseía, mientras bajaba sueños muertos para comprobar algunas verdades. Ciega juro que volvería a su casa para trasformar su crisis en equivocaciones.

Unos la llaman fantasma, otros la llamaban espanto, pero en realidad, ella es un alma en pena que a lo mejor en vida fue una artesana como todas las demás mujeres de su comarca. Sus antiguos trastos fueron mudados a la cumbre de mundos raros. Mundos extraños donde fueron desbaratados, postulando algunos desagravios en contra de su vivacidad.

La intelectualidad de un fantasma es la grandeza de la esencia humana porque sus perjuicios absurdos dicen defectos que caen en la influencia de vivir al margen de un mundo ilegible. Esos fantasmas utilizaron la fantasía de los hombres, los mitos del universo y las leyendas nómadas donde los sabios son locos y los monstruos forman un avatar dentro de un cuerpo gigante que no sabe lo que hace.

Capítulo 1

MALDITA TARDE

El aire olía a mugre esa tarde. El hombre me hizo temblar de miedo. Constate que se me acercaba cada vez más, se fijaba en mis piernas, me observaba minuciosamente y su expresión cambiaba. Por el silencio que sonaba, no sé cuánto tiempo paso después. Empezó a tocarme el pelo y me obligo a chuparle un dedo de sus malditas manos. Luego se agachó para masajearme las nalgas. Le grité una y otra vez que no, pero con una ridícula sonrisa me ignoro. Le mordí su dedo para obligarlo a soltarme, pero me devolvió un bofetón que me arrojó al suelo. Su torpeza manual anunció la estrangulación de mis diminutos órganos. Me sentí asfixiada. Entonces me lanzó una mirada asesina que me debilitó rápidamente, se me puso la piel de gallina, mientras reventó mi garganta de pánico. Con su sexo hambriento dotó mis gritos hacia un destino desconcertado.

Con estado de hostilidad encalambro mi alma. Al primer aire noté la comisura de sus deseos. La sola imagen de esa bola de carne empapada de sudor lamiéndome el cuerpo. Desmeritada y sintiéndome pegajosa, sentí rabia y tristeza. Con mis piernas abiertas, su verga tocó mi vulva, rasco y raspo mi pubis y descaradamente acabo castigándome por algo que yo nunca supe. Me estranguló los pezones con sus dientes cuando sus excitaciones llegaron al máximo. Revolcándose cayó sobre mí.

Perdí mi virginidad a los doce años en el desván de la casa. Por esa noche no pude conciliar el sueño. Tenía otra imagen. Sentí como si el dolor físico se hubiera mezclado con la muerte. Me dolía todo el cuerpo.

Ese día estrechó mi cintura ofreciéndome dinero como si yo fuera un intercambio mercantil, no le recibí ni un cinco. Me violó sin darle pena y tras la reverencia de mis lágrimas se acercó para llenarme de miradas amenazadoras, re ojeó las huellas que me dejó, luego prendió un cigarrillo, bebió más alcohol y se perdió en ronquidos. Me dejó con los pies helados y la piel en los labios.

El cruel tiempo pasó entre tardes enteras escondida y tallando los muros de los pasillos. Arrastré mis dedos sin uñas literalmente marcando esos nervios que nunca borraron sus miserables improvisaciones; fue una bronca toda esa vida. Sus manos temblorosas se movían con tanta fuerza que crecer no simbolizo concentrar mi orientación hacia los chicos. Mis pequeñas venas sentían la emoción de la fragilidad como un caos que aturdía la respiración a punto de derrumbe. Las náuseas me hacían vomitar hasta babear de asco y desconsuelo, sus alientos me hacían llorar hasta quedarme dormida.

Me forzó a ser suya, no sé por qué nunca hice nada para divulgar ese secreto. Quería desperdiciarme por el triple efecto de sus mortales rayos; primero nunca me zumbaría el corazón, segundo el estado de hipoxia en el cual me dejaba, me congelaría en una oscura, triste, eterna y siniestra noche y tercero mi mente envejecería precozmente sin importar mi edad.

La luna fue responsable en mayor parte de lo que pasó en la tierra conmigo porque en cada fase lunar sentí una tormenta dando por resultado que mi cuerpo quedara tembloroso. Se disminuía mi corriente sanguínea, me estaba muriendo, pero yo misma no lo sabía. Solo respiraba una o dos veces por minuto y mi ánimo quedaba suspendido, abandonado, tirado como interrumpido, como sin oxígeno.

La falta de comunicación con mi madre hizo aún más torpe mi comienzo a la realidad. Parecía que todo se desarrollaba a través de mi cuerpo. No tenía el control sobre mis actos. Incluso algunas veces cuando tenía me encontraba menstruando, el ron en su garganta no respeto mi feminidad, ni mi adolescencia, ni su paternidad. Mortifico mi cuerpo como un animal que ponía su presa debajo de su geta para demostrarle dominio, ya que me devoro y destrozo a grandes mordiscadas. Eso fue diabólico y era todo menos algo sublime o paternal.

Cuide de mi orgullo delante de los espejos, no quería pasar por tonta, aunque me daba cuenta de que las razones importantes para aumentar mi autoestima, seguían faltándome. Estuve frustrada por varios años. Años en los que la vida se me desordeno como un desbarajuste, como un farrago de confusiones, como una mezcolanza inconexa de vagas ideas. Mi madre decía que cuando pasaba por el corredor, me oía llorar y que titubeaba entre pararse frente a mi puerta o bajar las escaleras para traerme un vaso con agua, pero que finalmente seguía porque alcanzaba a escuchar que me secaba los ojos, ella concluía que eran cosas de la adolescencia.

Toda mi vida fui una lupa, comprobando que tenía buen ojo. Esa cruel metamorfosis me hizo sentir decapitada, tijereteada y envasada por pedacitos al vapor. Entonces, cuando el calor subía las angustias de aquel cobarde, yo entornaba mis ojos en dirección al sol, con mirada de tristeza sin fondo, como un fantasma que moraba por la eterna e infinita eternidad, como una sombra negra que habitaba en una perpetua inmortalidad. En ese entonces, pensaba en tantas cosas al mismo tiempo, de modo que no me quedara espació para las auto quejas.

Desafié a mi aturdimiento por dos miradas, una de mi madre y la otra de mi padre. Y obsesionada, aprendí a respirar profunda y agitadamente. Ese silencio transformo la comodidad de mi fuerza, por un hondo hueco, me rompió en un llanto feroz. El olor de aquellos hechos, cosquillo mi carácter, engrueso mi personalidad y me dejo la autoestima por el suelo, aunque no morí a causa de esas asquerosas dentelladas.

Capítulo 2

SIN ALAS

Las horas transcurrían como todos los días y aunque difícil de redactar yo, Natacha Maderos, charlatana por herencia que aún vivo en la casa junto al lago, grite: "No he dormido hace tres noches". Me sentía segura durmiendo con el ruido de los pájaros sobre mis oídos. Pero algo debió sucederles porque no habían cantado hace tres noches. Estaba medio loca por falta de sueño. El silencio de esas noches peso sobre mí. Cuando me introduje en el agua, me en caminé hacia su centro, a cada paso de más el lago me iba consumiendo; esas quietas aguas llevaban mucho tiempo esperando ese momento. Inútilmente, la luna me reclamó por sus vacíos y las estrellas me reclamaron por sus ruinas. En ese entonces, no pude hacer nada por la incomodidad de aquellos seres que llenaban sus vicios con mis oníricos universos.

Años atrás existió un poderoso ser en esa casa que tuvo el deseo de tomarme como su súbdita. Convocó mi sabiduría para construir su castillo. Yo cumplí con su ley. Pero luego de haber terminado mi trabajo, lloré amargamente sobre mi alma; ignoraba que existieran crímenes que no fueran castigados. Con una sonrisa en mis labios dicte un solo mandato, y ese poderoso ser se enojó tanto que, termine mudándolo al inframundo. Sin duda, era un gran castillo, pero tenía una prisión y sus celdas estaban llenas de los infractores gritos de una niña. Entonces, agregare que ese castillo, era como la muerte, envolvía misterios. Y yo desde siempre, fui como la existencia, poseedora de risas eternas.

Sin examinar todavía la estructura ventricular de algunas mentes, reviviré con un breve análisis la potencia de mi pasado. Fue que cuando regrese, me hospede en una choza del pueblo, para ser el huésped de algún jardín, en el cual los seres antropomorfos reunían a la belleza con la fealdad. Esos seres se encontraron con una niña que, muchos siglos atrás camino con una campesina bajo sus atardeceres. Entonces, en un día de abril sus agobios y tristezas las cazaron. Y cuando la primavera llego, las llevó a un hermoso rosal, donde se calentaron con el sol, como bailarinas que soñaban con sus músicos. Solamente el barro de ese jardín entendió sus palabras.

En el campo me crie, era una muchacha muy bonita, pero fortuitamente confronté a la carencia de sentimientos con la falsa moral. No sentí ningún temor con la desaparición de mi despreocupación, de mi realidad, aunque si cargué un peso sobre mis hombros que me hizo daño, mucho daño. Mi condescendencia había sido sana y buena tanto por dentro como por fuera. Pero poco tiempo después, la inteligencia de mi descendencia empezó a mesclase con la demencia, y fue entonces, cuando se esbozó en la cifra cero. Y en ese caso, la analogía sobre el valor, la belleza y los antecesores, se fue haciendo extraña a mi creación. Y aunque, nadie produjo sin quejas y sin lamentos ese dolor, si que dolió.

La grieta del pecho se me ensanchaba cada vez que los devastadores recuerdo me hacía sospechar todo lo que había perdido. Recordaba que ese hombre hacia muchos ruidos como sollozando cada vez que me buscaba; escuchaba sus finos zapatos de charol caminando por los pasillos y entrando cuarto por cuarto hasta llegar a la cocina. Olía mal como a estiércol, tabaco y alcohol. Y de vez en cuando chasqueaba chicle barato. Yo cerraba los ojos cada vez que intentaba encontrarme, me escondía detrás de las cortinas o debajo de los muebles. Mamá casi nunca estaba en casa, casi siempre andaba en algún viaje de negocios.

Entonces, él volvía a gritar, gritaba fuertemente más de una vez, mientras me buscaba y cuando me descubría, zapateaba el suelo con sus pesados zapatos de charol, luego se agachaba y me decía con una desmesurada voz: "Levántate, eres un pajarito sin alas". Yo me acurrucaba aún más, mientras metía los dedos de mis manos entre mi boca y cerraba mis ojos. Su vulgar ruido cesaba cuando escupía entre gemidos escalofriantes sobre mi pecho. Intentaba forcejearlo y quitarme su sucio sudor de encima, pero mi corazón latía con latidos desaforados y, de golpe todo pasaba dejándome huellas que no se me borrarían ni con el paso de los siglos. Al ratico, él se subía el pantalón, se tomaba la cabeza entre sus dos manos y volvía a gritar: "Dios mío, que he hecho". Pero luego de algunos segundos, se marchaba a perderse de nuevo en el alcohol.

Mi respiración regresaba suavemente a su normalidad, cesaba ese vulgar ruido, entonces compasadamente lloraba para despejar mi mente. Después, me bañaba, restregándome cada vez más duro, más rudo, con más fuerza para despegar su olor de mis fosas nasales.

Capítulo 3

SE PASA SIN PASAR

Me alegraba saber que mi enfermedad estaba mejorando. Estaba contenta a pesar de que el dolor pesaba. Una fuerza mental me empujaba a seguir, a buscar puertas abiertas, a alimentar mi amor por la vida. A revivir mis rosas. Qué más daba sí estaba ensimismada. En algún momento tenía que encontrar un camino, y a lo mejor era un camino que venía sin venir desde muy lejos.

Y aunque, llevaba un velo de dolor sobre mi cara; nunca me acostumbre a avergonzarme con el brillo de otros rostros. No sé por qué, siempre sentí que mi cutis era oscuro, sucio, sombrío, como una nube de invierno. Por mucho tiempo no fui más que una rama que se trepaba por los tejados de otras ramas. Incluso, algunas veces no me falto mucho para ser la protagonista en la obra musical de algún parapléjico. Sin embargo, era salvaje, desobediente y algo noble. Pero no podía hacer nada más porque cuando estuve debajo de todos, sin piedad todos me pisotearon. Aun y así, el haber permanecido al día me dio grandes habilidades. Habilidades que me permitieron actuar.

No era bruta, pero si infeliz, aunque tenía la naturaleza de hacer sentir felices a los que se me acercaban. Vestía con elegancia. Era capaz de rezar al estilo burgués, de contar una historia con equilibrio y de mentir sin sonrojarme. Además, nunca martiricé a otros, ya que creía que andaba sin desespero. Y como aparte de todo, mi sufrimiento había encontrado una flor dentro del descenso de la soledad, a la cual llame mamá. En esa armónica flor, mis pocos momentos de alegría habitaron el cosmos de la libertad.

Nunca fui la voz que nutrió al corazón ajeno, por eso puse distancia entre vuelta y vuelta, después de todo, todo el mundo dormía por pura suerte. Pensar en todo eso me acortaba las horas. Había sido la maestra de mis necesidades, aunque desprotegí el paso final de mi destino. Mi propósito era el poder encontrar un circo mágico para actuar sin miedo a la crítica, a la culpa o, a la destrucción. Y donde solo hubiera función para la risa acumulada cuando esta estuviera lista para ser traspasada al respetable público. Pero acabe leyendo que los soplones eran graciosos porque contaban cada comitiva como un rezo y que los milagros eran mortales no celestiales, entonces espere que la nobleza tuviera aspecto pomposo, ya que me había tomado en serio el vicio de buscar en cada labor de la existencia humana un homenaje real.

Las tertulias intelectuales me afectaban porque trastornaban mi incomprensión sobre los pocos seres que aún quedaban en paz. Fuera donde fuera al final siempre existía la paga. Michas veces intente controlarme para no sentir a mi desconsolación, debido a que no deseaba ver a mi cobardía, ganándole la batalla a mi desesperación. Y como entre horas sumadas se formaba otro día, entonces cuidé de limpiar una vez por día mis gafas, ya que no deseaba ver doble durante las veinticuatro horas de cada día. Mi historia era larga y complicada, pero siempre desee contarla bien.

Yo era un caso triste, no tenía que obedecerle nada a nadie, debido a que nunca perseguí las órdenes de algún régimen ni me llame adivinanza, aunque tenía la alternativa de comer una vez cada seis horas. Fui valiente y obviamente me alegré de haber sido inmortal, incluso algunas veces me irrito no haber sido religiosa porque de esa manera hubiera pertenecido a los humanos, aunque traté muchas veces, en vano de ser misericordiosa. Y afortunadamente, copié los tontos sueños que cada noche descongelé; eran penosos y a su distancia acusadores, ya que me condenaban por todo el daño que había causado.

Fui una excelente vendedora, era demasiado explicada, no obstante, ilusionaba a mis clientes con la flauta mágica del porvenir. Tocaba mis melodías divinas y vendía. Era maestra de estrategias, no me costaba nada, ni un mínimo esfuerzo, entregarle sufrimiento al bolsillo ajeno. Siempre, supe de sobra que en la eternidad no existía ni el tiempo ni las inseguridades. Tal vez, por eso, mi único pasatiempo fue comprar flores, sembrarlas, abonarlas, cultivarlas, y verlas florecer para luego cortarlas, sentir como se iban marchitando y después dejarlas morir. Nunca pude soportar que algo sobreviviera a mi alrededor. Incluso, muchas veces, desobedecí las reglas de mi pensar, no era un pensamiento fácil de elogiar ni de seguir.

Era vendedora de seguros, creo que estaba loca por germinar de alguna manera. Me había prometido a mí misma, divertir a todos mis clientes, satisfaciéndoles algunos caprichos. Juraba que devolvería la vida cuando alguien la necesitará, ya que el único amor que había tenido, me había aguantado hasta que llegaron los fríos de las madrugadas. Y cuando acaricié esos fríos, la vi saltar por la ventana y, nunca más supe de ella. Por lo menos, me ahorro los horrores de adorarla sin que mi hielo la congelara. Pensaba en ella muy a menudo, aunque por su humildad, no presumí que yacería conmigo, así que tenía todo su derecho de marcharse, porque tenía autoridad sobre un trozo de su alma como todos los demás.

Lo tradicional era tener la oficina cerca de la morada para romper con el aislamiento familiar, pero como mi personalidad no me permitía tener dependientes; había ubicado la oficina en mi propia casa porque me permitía aspirar a dormir una hora más por día y estar al pendiente de mi jardín. Amaba tener rosas frescas en el patio trasero, las cortaba, las depositaba en jarrones con algo de agua fresca, luego las iba observando detenidamente, debido a que, iban depositando toda su belleza dentro de ese fracaso. Al ir marchitando su alegría también se iba abatiendo entre la amargura y la desconsolación. Era como si la desmoralización las desordenara mientras las conducía a la muerte, como si durmieran vacías y sin nombre.

La ruta a mi morada no estaba tan lejos de la ciudad. Todo se había ido poblando con el paso de los años. Mi labor y mis andanzas habían nacido de la amargura y la gentileza de las rutinas diarias como un jardinero que sembraba flores, para enterrar su propia realidad.

El polvo de mi escritorio había sido heredado de mi madre que, para mí, ella aún seguía en el desván. Organicé ese escritorio y lo echarlo andar, aunque semanas más tarde lo tuve que desnudar porque era demasiado ingenuo para estar vestido, y no deseaba confundirme ni confundir a mis clientes con ropas ajenas, con disfraces escondidos. Usualmente trabajaba de nueve de la mañana a seis de la tarde, con intervalos entre horas para tener tiempo de cavar letrinas, sembrar más rosas, y desahogarme. Esa rutina me apaciguaba, era mi mejor tranquilizante. Enterrar flores me relajaba, me hacía evadir las ansias de ir en busca de lo inesperado, de lo impuro, de lo desconocido, debido a que me asustaba ser utilizada, incluso no soportaba la frágil idea de que alguien pudiera detectar que no sabía cómo reír, como sonreírle, ya que, por ende, detectaría también mis más profundos miedos.

Desdeñada le pagué al infortunio por deslumbrarme con lágrimas y moqueo, eso no fue lindo porque nunca fue igual un nivel bajo que el ultimo. Tampoco fue un placer o un deleite el soñar tan poco. No quería nada de la vida excepto alguna norma que cortara con todas las culpas o ver una sola palabra escrita que derrotara a todas las charlas.

Poseía una lágrima muy visible que solo debía ser rosada y saldría. Obviamente, hubiera sido una maravillosa hija, ya que solo pedía lo que deseaba, eso hubiera sido un reino especial para mi padre. Aunque, rato después, me di cuenta que cualquier barulló chillón alborotaba a las flores de mi patio, entonces me engolosine con una pinta bárbara, mientras palpitaba dentro de mis mañas. Incluso, creo, que los espías del cielo me llamaron pequeña e insignificante criatura porque con sus picos, fueron poco a poco destruyendo la cima de mis bajas montañas.

Capítulo 4

ENTRE APUROS

Más atormentada que lastimada por la lealtad que cargué hasta la tumba. Y más tocada por una viva imaginación que por haberle obedecido al viento quieto. Pase por muchas pruebas antes de llegar a la eternidad.

Era cavadora de tumbas para espinas. Espinas que terminaban en tersas pieles, esplendorosos aromas y cautivadores colores, además de vidas cortas y horas contadas.

Mi femenino corazón luchaba contra la libre voluntad para dejar de ser un talón de Aquiles, aunque esa libertad jamás hizo sentir débil a mi fuerza masculina. Debió de ser, porque nunca se me dio bien eso de pisotear estúpidos para abrirme camino entre los humanos. Para mí, sus ritos salvajes eran impredecibles, pero me ayudaban a mantener en pie.

Hasta que un día, desperté sumida dentro de una cruel pesadilla. En esa alucinación, el infierno eran las demás personas. Entonces, atravesé un alto nivel de desarrollo espiritual, para tiempo después, penetrar en el mundo de los locos. Allá libere un voto de silencio. Allá estaba lista para soportar lo superfluo de mis carcajadas. Y aunque, sabía que existían otros cuerpos, esos donde la transformación se detonaba en algo turbio, en algo embrollador como sospechoso, como ilícito, como vidrioso, tuve que someter a mi temor, a meterse dentro de otras personalidades para borrar todas las huellas que había dejado, y olvidar de una vez y por todas, aquello que detestaba. Pero olvide que, la ley del eco actuaba en todas las direcciones.

Cuando por fin llegué a la anarquía que, rechazaba el orden de la sublimidad, y como no era pacifista, ya que reaccionaba a cada disparo con irracionalismo. Entonces, incógnitamente, conduje mi mundo al empobrecimiento mental, con frágiles lamentos, como un general del ejército que, un día después de su última batalla, se afeitaba, se ponía todas sus estrellas al costado derecho de la solapa de su traje y se ponía muy elegante, para luego quitarse la vida sin haber recibido su ultimo honor.

El amor nunca me toco, cargué un conflicto en contra de mí misma. Maté a dos pobres desgraciados que no servían para nada más que dominar súbditos. Nunca tuve habilidad para preparar bocadillos detrás de cada comida y aunque, siempre demostré mi personalidad frente a los espejos, era un hueco esquizofrénico, que volvía añicos al pensamiento de los depredadores domésticos. Por algunas, obvias, razones, permanecía sola y en soledad. Únicamente estaba acompañada cuando me encontraba trabajando y eso, porque tenía que atender a los clientes, con algo me tenía que entretener.

Sobrevivir fue entregarme al trabajo, me hacía bien trabajar. El tiempo se me hacía corto entre esa diaria maratón de caras nuevas y clientes por asegurar. Me apoyaba en el brillo de seres inocentes como los niños, sus ojos irradiaban pureza. Bajaba la mirada y subía los labios para tratar de sonreírles. Era un gran trabajo, formaba grupos, equipos y ampliaba proyectos de vida. Pero nada de eso llenaba el vacío de mi pecho, era un hoyo negro. Una desgarradora herida me hacía vivir con la cabeza agachada y mirar a toda hora mis pies. Casi siempre me encontraba con la mente en desorden, era fácil estar aturdida. Descartaba toda posibilidad de endulzar mi boca, a parte no quería volver a llorar.

Las calles eran enormes ogros que me devoraban, así que, solo deseaba estar en casa. Aunque cuando traslade la oficina para mi morada, eché de menos a la empresa porque su ruido llenaba el vacío de mi alma. Extrañé esa ilusión de estar acompañada. Debido a que, en casa ni observaba ni escuchaba a nada ni a nadie, simplemente me dedicaba a cultivar y proteger mis rosas. Me entumía sobre la tierra para no sentir ningún tipo de dolor. Y era el timbre de la puerta, el que me sacaba del abatimiento. Apenas lo escuchaba, me saltaba el corazón. Al oír voces desconocidas, respingaba mi respiración. Incluso me sudaban las manos al tener que debatirme entre lo impersonal de sus personalidades.

Los clientes me partían en pedacitos. Al bajar las escaleras para encontrarme con ellos. Al estrechar mis manos con las de ellos. La grieta de mi pecho se angostaba. Sin duda observaban mis rosas cuando me dirigía a la cocina en busca de algún café o té para ofrecerles. El tener la oficina en casa me hacía sumergir en un patrón demasiado rutinario; despertar, trabajar, rociar el jardín y comer para luego volver a dormir. En realidad, era tratar de dormir porque no podía huir de él ni en sueños, ya que nunca pude evitar revivirlo. Sus agonizantes ojos enfurecidos donde su banal mirada me había convertido en tierra saqueada y, devastada por el sol. Tierra árida, seca donde no crecía nada. Mi porvenir era inhóspito, pero esa era yo. Podía interactuar con mis clientes, pero eso era todo. A menudo conversaba con mamá, ella me daba ánimo. Aunque, ella sabía que acabaría más destruida y destrozada que las rosas de mi patio. También sabía que ya, no me queda nada por dentro porque me costaba comer. Sobrevivía gracias a la maldita adición que tenía por beber café, la nicotina me despertaba, además había cogido el vicio de fumar, aunque repudiaba el olor a cigarrillo barato, debido a que me provocaba ansiedad y me lo recordaba.

Me mostraba casi siempre amable, gentil y muy educada, aunque cuando algunos clientes me hacían preguntas personales, hacían que les tomara cierto asco o tal vez repudio por lo cual, trataba de mantener mi distancia para con ellos. Me distraía observando las rosas, ellas inundaban mis ojos de lágrimas, me ayudaban a esconder dentro de las frontales sienes toda mi dolorosa adolescencia. A menudo recontra ojeaba el jardín, echaba mi cabeza hacia atrás para sentir las flores en medio de mi tristeza y mi añoranza. Creo que sentía placer haciéndome daño. Cultivaba mi propia tortura cogiendo entre mis dos manos las rosas para acariciarlas desde sus espinas, hasta llegar a sus tersos pétalos, pero sin lastimar su suave y fina textura, ya que adoraba sus frescas fragancias.

Aquella, bella tarde de primavera, mi corazón temblaba. Todos los hombres eran de hielo porque se derretían con el calor del sol. Pero, como casi siempre, soñaba despierta que tenía manos masculinas y facciones de macho. Esa tarde, cite a mi último cliente a las cinco de la tarde, sabía de ante mano que, esa venta me tomaría más de dos horas. Prometía comprar más de lo previsto. Era un cliente nuevo, poseedor de una pequeña y desprotegida empresa de limpieza de baños públicos en foros poéticos. Obviamente, no era la gran cosa, pero me tomaría tiempo terminar la papelería y dejar al cliente satisfecho, debido a que su pequeño y desprotegido negocio estaba provisto a crecer en un futuro no muy lejano. Mientras lo esperaba, escuchaba música. Me deleitaba con algunos tangos, esa era la música favorita de mi tía Berta. Mi cliente se estaba tardando en llegar. No era fácil para mí aceptar a los demás tal y como eran. Era muy desagradable ser la victima del descuido ajeno. Para mí no era nada gracioso esperar a un don nadie que se daba las ínfulas de un rey.

Aunque de vez en cuando toda mi patética ficción terminaba en la hoguera, por consiguiente, pude haber cancelado esa cita, pero perdí el sentido del afán. Entonces, preferí conservar el principio de mi ética profesional que me permitía soportar la humillación de aquel individuo, así que me acomodé y lo esperé unos minutos más.

Por fin sonó el timbre de la puerta, aquel cliente era diferente. Apenas se asomó a la puerta, alcanzo a escuchar la música de fondo y, me invito a bailar el tango que sonaba. Aseguro que era fácil de hacerlo, no pude decirle que no, negarme no estaba dentro de mi estilo. Él era un huracán arrasando con mi forma de actuar. Esa vez hice un brindis por romper con mi esquema. Terminando el baile empecé con un no sentamos por favor, tengo grandes descuentos que estoy segura le encantaran, pero en realidad deseaba decirle estoy cansada, firme estos papeles en serie consecutiva, deme la fotocopia de sus documentos, un cheque posfechado y desaparezca de mi vista que, yo mañana por teléfono le informare todo lo demás, ¿de acuerdo? Pero no era tan fácil, aquel hombre no me ponía ni pizca de atención, mis palabras se perdían en el aire, y su atención se diluía en mi fino escote de seda.

Luego de unos minutos, me interrumpió absurdamente para decirme que tenía hambre. No sabía sonreír. Así que le hice una breva mueca para decirle: "Será mucho más rápido, si funcionamos en un solo sentido", mientras tanto le ofrecí un café. Rápidamente, note que me escuchaba solo cuando le convenía, cuando le interesaba porque de inmediato me insistió que lo que tenía era hambre, no ganas de beber café. Dadas esas circunstancias y debido a que odiaba discutir con mis clientes, le dije que podía ofrecerle una humilde cena. Él asintió con la cabeza un sí. Y, yo que no tenía ni la mínima idea de ser guisa, intente hacer unos pasa bocas de atún con yerbas fresca que termino por hacer él mismo.

Capítulo 5

VIVIR MARCHITA

Era muy temprano para sacar conclusiones, para rematar la venta, para deducir resultados. Pero ese hombre se elevaba hasta la cima de mi cabeza, donde la cabecera del entendimiento, avivaba algunos de mis más íntimos recuerdos. Y con su fría, húmeda, pero insensata presencia, me hacía sentir excluida del mundo como rechazada, discriminada, o talvez repudiada. Además, no cesaba de hablar, entonces a duras penas lograba entenderlo. Por otra parte, no quise participar de su aparente alegría, hacía ya mucho tiempo que me escondía bajo una serie de cortinas, para observar en secreto, desde lejos y llena de celos, a las caras con risas ajenas. Él estaba muy animado, sentado en la cocina, sobre un sillón verde, con su impecable elegancia, casi inmóvil, con la cabeza inclinada, las manos como desmalladas sobre la mesa. Cuando, de pronto, note que, con una honda fijeza, me observaba. Fue, entonces, cuando sin precaución, sin cautela, le revele una mirada de melancolía, una mirada que estaba a punto de agachase a llorar. De inmediato, él me puso su mano derecha, sobre la mejilla izquierda. Únicamente, por ese segundo, lo sentí muy próximo a mi tristeza.

Este hombre calculo muy bien el terreno; me impacientaba, se movía de lado a lado, olfateaba hasta mi perfume, se me acercaba más de lo debido y, me fatigaba con su aliento. Entonces, empecé a intuir que no resistiría mucho tiempo ante su presencia.

El tiempo era perturbador, las noches seguían siendo frías, aunque el silencioso paso del tempo me hacía cambiar la hermosura por una mirada rápida, calculadora, directa y sin piedad. Mi boca había adquirido un pliegue de insatisfacción y avidez. Mi tez estaba pálida, había perdido su frescura y, mi maquillaje ya no cubría las prematuras arrugas de mi frente, que se descubrían ante la tenue luz de las bombillas. Eran arrugas creadas por la indiferencia. Arrugas que llegaban desde el lóbulo de la oreja hasta la punta de la mejilla. Mi indolencia y mi personalidad se habían tornado despreciativas, se encontraban labradas por el insolente hastió.

Este cliente hablaba sin mirarse en el espejo. Sin duda alguna, era lo peor que me había podido pasar en los últimos tiempos. No encontré como decirle que ya no deseaba venderle ningún género de seguro, que se atarantara el atún y se alejara de mi vida lo más pronto posible. Hasta quería darle para el taxi porque había alcanzado a notar que, él había llegado caminando desde alguna parada de autobús, ya que traía sus finos zapatos negros de charol, que terminaban en punta pico enlodazados. Además, ese hombre había alcanzado a observar detenidamente mis rosas. Había notado las plantadas, las vivas, las cortadas, y hasta las muertas. Detalles que repudie aún más de él. Y cuando, estaba a punto de echarlo a la calle como a un perro, ese hombre logro algo inesperado. Logro sacarme una sonrisa de oreja a oreja. Esa carcajada, fue la única risa que tuve durante casi toda mi vida de adulta.

Fue una enorme carcajada que exploto desbordando todo el atún que contenía en mi boca. Ese hombre se expresó con tanta sensatez, con tanta alegoría, cuando me dijo que lo disculpara por toda su mala reputación, pero que venía de haber terminado con su amante que, era hombre, debido a que el día anterior su esposa se había enterado de su infidelidad y, que le parecía cruel seguir con su querido, cuando toda su vida familiar se estaba sumergiéndose como el Titanic, en el fondo de un precipicio. Por esa razón, él traía mucha hambre, ya que su esposa casi ex para ese momento, no quiso cocinarle ni darle la oportunidad de aclararle el supuesto mal entendido. Además, su amante estaba en total desacuerdo con él, así que no le había entendió el punto por el cual le había terminado la relación. Y luego, me añadió, que obviamente, no había querido cancelar nuestra cita porque sin seguro, también perdería ese viernes su único ingreso vigente en cuestión económico, ya que, sacrificando a su amorcito de turno, había perdido a su verdadera fuente de ingreso monetario. Incluso, no podía dejar que su esposa se enterará de quien era en realidad, él que llevaba la comida a la mesa de su hogar. Y termino con un: "¡me entiendes preciosa!"

Era un individuo muy ágil para atraer palabras dulces a su lengua. Se escabullía de mis manos, el saber si el andrajoso me decía la verdad, o todo era una sarta de mentiras. Momento después de haber bebido a pequeños sorbos mi café, y de haber escuchado su patética historia. Me di cuenta que tenía una memoria sorprendente. Porque de todos los rostros que él había visto, del único que no se acordaba con detalle, era de el de él mismo. Hablaba hasta con sus manos, parecía tenerlas más largas que la lengua.

Había salido de la vida como dentro de una mazmorra, entonces abrasé la dulce tortura de haberme vuelto a reído. Luego, concluí que podía empezar a sonreír. Agradecida por el logro de mi cliente, noté que ya eran casi las nueve de la noche. Ensaye volver a sonreír, pero mi timidez me lo impidió, así que decidí proseguir con el negocio. Recorrimos los pocos pasos de la cocina a la oficina. Sentándonos, le pedí al joven que depositara sobre mi escritorio un cheque pos pago con la cantidad del primero y último mes, y dos documentos de identidad. Apenas escucho sobre los papeles le recorrió un estupor por todo su cuerpo que dejo notar porque a lo largo de toda su vida que no pasaba de unos veintisiete años de edad, no había tenido legalidad alguna. Tomó aire y se posó con tranquilidad frente a mí y, empezó a blasfemar sobre la noche. Me dijo que estaba muy oscuro afuera, que hacia frio que, si podía asegurar la puerta, ya que nos encontrábamos entre amigos.

Pensé que si, porque si él fuera una mala persona, no me hubiera contado sus problemas. Después, sin asombrarme y con una voz alta, le dije que sí, que trancara la puerta. Aunque, pensativa le aseguré que la cerrábamos por el frio que estaba entrando, pero que toda la casa estaba asegurada con cámaras. A lo que mi acompañante añadió: "No tengo duda, es usted una verdadera vendedora de seguros". Me sonrojé, en toda mi vida no había asegurado más que a mi carro y eso porque la ley, así lo ordenaba. Era una mujer que a lo único que le temía era a sentir el aire sobre mi rostro. Incluso, lo único que conocía del mundo que me rodeaba, era montón de idiotas que, como él, se esclavizaban por el sistema que los golpeaba. Montones de irresolutos inseguros que, caminaban con pánico sobre la tierra.

Con lentitud volví a condenar a aquel hombre, debido a que mi voluntad, quería terminar lo más pronto posible, antes que, por alguna casualidad de la vida, ese individuo volviera a bombardearme con sus crueles razonamientos acerca de mi vida personal. Y terminara enterándose de que, yo vivía absolutamente sola. Considerando que el hombre no me tranquilizaba porque arrasaba con mi indecisión, decidí insistir como una condenada a muerte con el tema de los documentos. Ya que, momentos antes, por estupor, por sencillez, el visitante había propuesto, pagarme en efectivo y por adelantado dos meses, cosa que me pareció sensata y sin ninguna malicia.

Todo parecía ir viento en popa, el proyecto tenía contingencia y deparaba negocios futuristas. Pero de repente, ese hombre con una increíble audacia, murmuro sin tapujos en la boca que, quería decirme una cosita, un secretico. Y después, de una breve pausa, y con algo de resignación, aflojo bien la lengua, para decirme: "Mi reina, yo no tengo ninguna identificación, porque a lo largo de toda mi vida, he andado del tingo al tango, estrellándome con la clase baja".

A pesar de tanta retahíla, no me quedaba más que satisfacer a aquel cliente como si se tratará de un amigo mío. Con mis brazos cruzados le exclamé con dificulta que la vida no era igual para todos, pero que desafortunadamente mi compañía estaba al día en los asuntos legales, por lo tanto, debía regirme a las reglas sociales. Le desplegué mis servicios para un futuro próximo. Incluso le monologue que esperaba verlo más pronto de lo que cantaba un gallo, donde poderle servir, sería todo un placer. Ya que, en ese entonces, la desolación de aquellas circunstancias, nos hacían desconfiar, el uno del otro. Obviamente, por mis escrúpulos, debía ponerle fin a ese fortuito encuentro.

Frunciendo el entre cejo izquierdo, mirándome fijamente a los ojos, ese hombre me dijo, que él tenía absoluta confianza en la esperanza y que, con el calor de unas mortecinas copas de vino tinto, nos quitaríamos ese temor por las reglas sociales y nos entenderíamos un poco mejor.

Capítulo 6

SIN NECESIDAD DEL PERDÓN

Puramente se oía el viento crujir y el ritmo de los relojes al compás de un solo ruido. Pero yo, a veces oía otra cosa, una cosa silenciosa, una cosa yerta. Sentía frío, me había ido incorporando poco a poco a la rara respiración de mi huésped. Mi débil cuerpo, apenas si soportaba, todos sus raros movimientos manuales. El sufrimiento de su pobre alma inquieta, a ratos me hacía compadecerlo. Él, era un ser pérfido, de mala suerte, un hombre con un destino fatal, nefasto, con un porvenir sombrío, dañino. Mi mente trataba, a cortos plazos de alcanzar a entender sus despiadados ruegos, debido a que eran suplicios que escuchaba sin piedad.

Espectadora de la respiración de mi nuevo amigo que durante algunos segundos no había parado de mirarme de arriba, abajo. Empecé a pintarme algunas dudas. Además, ya había empezado a perder la paciencia, el temple, y hasta el sosiego. Pero sus gemidos ahogados me hacían recordar la carcajada que, él me había hecho nacer, crecer, y germinar en mí. Alcanzo a narrarme toda su vida con detalle, aunque enfatizaba cada vez que podía, que él amaba a las mujeres, pero que utilizaba a los hombres porque ellos eran más sencillos, que las damas.

Decía que la dulzura innata de las mujeres era irrepetible porque no desaparecía de la vida sin dejar huella. Sonaba sincero. Me tomaba de la mano cada vez que tenía la oportunidad. Entonces, me vi obligada a decir que una copa de vino, no nos vendría nada mal. Ojeando, serenamente el reloj, noté que ya pasaba de las diez y media de la noche, con esa misma curiosidad, le repetí al que se había convertido en mi invitado que sería una sola copa, debido a lo tarde que ya era. Obviamente con la copa en la mano todo cambio. Él la devoró de un solo sorbo, tal vez por exceso de sus bajas pasiones o por revelar de esa manera una vergüenza más. Aunque, previamente el ambiente entre los dos, había empezado a humear a miedo, a ese pánico que esparcían los adictos al alcohol. De la nada, había empezado a difamar que, él era un ebrio, un borracho patán. Un minuto, después, no vacilo en musitar con exigencia que deseaba un trago más. Impacientada por las desagradables palabras que le había empezado a aguantarle. Me atreví a exclamarle con un tono de voz temeroso que, debía marcharse.

Sin duda alguna era ridículo que yo estuviera pasando por esa situación. Ese hombre no era tan alto, aunque era bien formado, fuerte, seguro, de gestos gentiles y rasgos delicados. Era lógico que tanto hombres como mujeres evaporaran sudor por él. Sus labios eran trémulos, vibrantes como desafiadores. Incluso la ansiedad que dejaba escapar era una bella y ridícula apariencia de hombre sutil. Tras unas copas de más, se atrevió a tomar mis manos con deseo de besarlas. No pude aguantar más, le ordené que se controlara porque se encontraba en casa ajena y que todavía él no sabía ni mi nombre.

Mentalmente hice algunas conjeturas sobre lo poco que yo también, sabía de ese individuo. Ya le había señalado que no había ningún tipo de negocio, de trato entre los dos. Ya había estado de acuerdo con él, en que su vida era pragmática. Entonces, ¿qué me falta contemplar para que se largara de mi morada? Se había vuelto, de repente, tan irritable que, tuve que resumir diciéndole que, se fuera de inmediato de mi hogar. Pero en ese entonces, ese hombre ya sabía que yo vivía sola. Enrojeciéndome de rabia, le dije que estaba brutalmente agotada, y que, si tenía alguna esperanza conmigo, era mejor que la tirara, en ese instante, al bote de la basura, y se largara, porque yo en asuntos del corazón andaba activamente enamorada, de modo que no podía corresponder a su varonil calentura. Instantáneamente, rápidamente, velozmente, recordé que en algunas acciones la virtud o el bien nos salvan o nos condenan, obviamente esas acciones no se encontraban en las palabras.

Ese hombre se había presentado con el nombre de Hugo Romero. Era todo un oportunista, incluso se atrevió a rogarme groseramente por dormir a mi lado esa noche. Suplico que sería solamente por una noche porque no tenía para donde irse. Persistió con tanta insistencia que inmuto mi desconfianza en él. Aunque, la praxis de la calma trajo consigo la bondad, me regocijaba acariciando el teléfono, en caso de que tuviera que llamar a la policía, no lo vacilaría. La paz la podía conseguir con el desprendimiento de lo imperecedero, ya que lo eterno lo había cargado desde siempre conmigo misma.

Bajo un patetismo impuro, me acogí a la máxima del optimismo humano. Luego, observé detenidamente la trasformación de aquel individuo. Mi autodeterminación se enfocó en buscar de alguna manera, una despedida silenciosa, como en santa paz con aquel fulano. Trate, en vano, de hacerle olvidar, aunque fuera por un solo instante, todas sus andanzas, todas sus despiadadas aventuras, sobre todo para hacerlo fusionar en una sola dirección.

En un principio, él hacía largo espacios silenciosos, supuse que lo hacía, para escuchar mejor mis palabras. Pero, minutos después, noté, que mi nexo narrativo le daba pisadas de hospitalidad. Y, además, empecé a sentir que se iba acomodando como una pieza más de la casa. A cada segundo de más, iba obstaculizando un poco más, su inevitable marcha. Fue, entonces, cuando intuí que ese sujeto, diplomáticamente, quería aplazar su partida. ¡Se me escaramuceo el cuerpo! ¡La piel se me puso, como cuero de gallina! Tal vez, porque no sabía que más hacer.

Aunque, tenía pruebas de sobra, sobre la tesis del comportamiento varonil, el descaro de aquel ser, era patético. Lentamente, asiduamente, empecé a utilizar un lenguaje asequible, alcanzable para una mente en ruinas. A base de ejemplos, forme argumentos, para señalarle a ese hombre que debía retirarse de inmediato de mi presencia porque estaba invadiendo mi privacidad, mi espacio.

Como no se despedía, a largos rasgos, le traduje una corta historia que estaba sobre mi escritorio en otro idioma. Era un cuento que hablaba de la falsa moral, de la baja educación, del cinismo. Esa teoría ligaba algunas premisas humanistas, abusadoras, con el viejo modelo masculino y violador de los derechos femeninos. Le encanto esa traducción, pero se deleitó aún más con mi compañía. Entonces, me confundió con su ignorancia.

Todas mis palabras, fueron divididas por Hugo en dos partes las reales y las ficticias. Aunque, ambas partes las adjunto al corto traje que yo vestía. En primer plano todo para él era pura cháchara y en segundo plano todo era sustancial, debido a que mi relato, según él, había carecido de profundidad. De esa forma, igualo mi ropa con el acogedor ambiente que, supuestamente, y según él, nos rodeaba. Yo vestía un lindo traje azul claro de seda, algo escotado, de talle arriba de la rodilla y tacos negros muy altos. Mi cabello estaba suelto, sedoso y bien organizado. Era poseedora de un aspecto elegante y prestigioso. Y por supuesto, me agradaba lucir elegante y prestigiosa porque me hacía sentir admirada, imponente, e importante ante mis clientes. Aunque, realmente, en mi soledad, en mi privacidad, me encantaba pretender que era hombre. Un hombre muy caballeroso, así que me disfrazaba con esmóquines, con trajes de paño muy varoniles, con corbatas de seda, y además amaba, admiraba las colonias fuertes, las fragancias masculinas y, hasta sus piropos, pero no sus actos.

Capítulo 7

REÍR NO LLORAR

De la nada y de repente, Hugo había empezado a burlarse, a carcajearse y a chancearse de mis palabras. Nunca supe por qué tomo ese ritmo de artificiales mofas. Y, como se estaba tardando en irse. Entones, empecé, a observar, aunque tardíamente, y a deshoras que tenía que solucionar el embrollo en el cual y sin querer me había metido. Mi comedido era deshacerme de él rápidamente. Sacándolo, echándolo, de mi oficina, de mi casa, y de mi vida, ojalá, antes de la medianoche.

Ese individuo, ya me había demostrado todo lo que era, y no era más que una sarta de apariencias, de locuras, y de demencia. Por lo tanto, revise todo lo relacionado con su estancia en la casa desde que había llegado. Obviamente, no teníamos ningún pasado en común. Aunque, si teníamos uno que otro apretón de manos, varias desdichas en común y el infortunio de habernos conocido.

Mi hogar, esa vivienda era testigo de mi infancia, de mi terrible adolescencia y de mi aburrida adultez. Aunque, también, en esa residencia, en esa morada, yo casi siempre, me había sentido extraña, foránea, y a la misma vez pariente y consanguínea. Por eso, allí, en ese blasón, en ese espacio de tiempo, tenía la impresión de andar con un mundano.

Ese anochecer, pasando las once de la noche, empecé a tener una rara sensación. Era una sensación de que algo malino, pérfido, y tal vez perverso, me iba a suceder. Porque mi cita con Hugo se había transformado de superficial a tenebrosa, debido a que toda nuestra conversación se estaba tornando tensa, e inquieta. Su tono de voz a veces era tosco, seco y, en otras ocasiones era reverente y educado, entonces, me confundía. Me resultaba difícil no fingir para continuar a su lado. Incluso, a veces ni reconocía el vocabulario que había empezado a emplear, creo que era un lenguaje callejero y vulgar porque se pasaba de atrevido. En ocasiones, me asombraba con una mal turbación oral, que me impedía escapar de sus vagas risas. Después de haberlo visto consumir varias copas de vino, mis labios empezaron a temblar, mientras mis ojos lo miraban con un aire opuesto a su buen humor.

Hugo, me interrogaba a carcajadas y penetraba por todos los medios para hacerme caer en sus brazos, aparentaba una falsa paciencia. Parecía conocer mis intenciones porque con pocas palabras me aclaro que el teléfono no declararía nada a la policía porque él no era un delincuente, simplemente era un hombre a punto de demostrarle a una hermosa mujer como disfrutar del placer sexual. A la vez, me agregaba que el sexo no tenía nada que ver con el amor, y que, por lo tanto, mis enamorados sentimientos no se verían implicados, ni afectados, ya que únicamente sería una noche de copas.

Su calma y frialdad, más el vino que no paraba de beber porque ya había consumido más de una botella, permitían que se sintiera seguro y profundamente emocionado. Le brotaban por todos lados, palabras hipócritas y mentirosas. Incluso me había empezado a herir el corazón, debido a que sus prodigiosas bromas se reían de las ruinas ajenas. A esas alturas de la noche, tenía bien claro que, ese extranjero había aparecido para molestarme, para perturbarme. Permanecía disgustada, Hugo, ya había sobre pasando toda mi tolerancia, todo mi aguante. Y, ante la inconformidad que sentí, cuando su insolencia afloro, al lanzar su mano sobre mi trasero. Sin pensarlo, sin analizar el asunto, heroicamente me volteé y lo abofeteé, con la rapidez de un relámpago. Hugo estornudo, se encontraba en un estado de irritación, en un estado de depravación. Entonces, no disimulo, se lanzó sobre mi cuerpo. Me derrumbo al suelo. Audazmente, rasgo mi blusa, sacudiendo mis tetas, revolcó su cuerpo sobre el mío. Puso sobre mí toda su fuerza, todo su descaro. En aquel momento, agarré el primer objeto que encontré a mi mano, era un pasado búcaro de bronce, se lo puse en la mitad de la frente y logré tumbarlo a un costado. Velozmente, me levante. Alcance a apreciar su cuerpo y sus capacidades, mire que sus brazos no eran tan fuertes.

Recordé que tenía un bastón cerca de donde estábamos, estire el brazo más de una vez hasta que, logré alcanzarlo, lo utilice para golpearlo en la espalda, o donde pudiera. Al poner sus manos sobre los golpes para defenderse. Tambaleándose se fue levantó para forcejear conmigo. En ese instante, corrí y articulé verbalmente que no respondía de mis actos. En un diminuto intervalo de silencio, experimente que aquel hombre estaba lleno de ferocidad y que no iba a flaquear, intuí que era mejor no oponerme, ósea disculparme. Porque cuando vio la sangre que destilaba sobre su camisa, tartamudeo, y en un estado de irritación, pronuncio con muecas y una energética voz: "Tu palidez pagara por esta crueldad". Lucia espantado por el color de la sangre.

Yo, trémula de espanto dejé que se recuperara de la hidrofobia que lo acompañaba, porque desperté mentalmente, cuando observe, frente a mí, sobre la pared de la cocina, justo delante de mis ojos, las dagas que estaban colgadas en la pared. Las dagas que mi padre coleccionaba y que, yo de vez en cuando afilaba. Entonces, raudamente, realicé un plan. Luego, lo eché a andar. Apresuradamente, me aproximé hacia el escritorio como dispuesta a dejarme deleitar por sus encantos. Y sin ningún temblor sobre mi lengua le dije con un tono de voz muy sensual: "Hugo, no te enojes conmigo, no quiero que nos acostemos junticos, con nuestras personalidades chirriando de asco y rabia. No vez que el fresco aire que rodea mi casa es romántico y nos seduce, nos apasiona para algo más que una sola noche". De pronto esa cruel idea triunfaba, así que le agregué: "Permíteme, y por favor no te reúses a que me presenté ante ti como una verdadera dama nocturna. Me vestiré con un elegante, deslumbrante y casi trasparente traje de noche, que te dejara en muy buena disposición para continuar lo que ya habías empezado". Mi plan funcionó. Hugo no se reusó.

Bien hechora me apresure a dirigirlo hacia mi cuarto; abrigue con sumo agrado que Hugo se convenciera de mis buenas intenciones, le dije que fuéramos sin prisa porque disponíamos de todo el resto de la de noche, así que antes de penetrarnos podíamos masturbarnos y hacer todo más intenso. Para mi buena suerte aceptó la propuesta.

El joven quedo estupefacto al verme en ropa, que en realidad no era ropa, no dejaba nada que imaginar. Sin siquiera, tartamudear una sola palabra se lanzó sobre mí. Rápidamente, le exclame que en la cocina tenía unos potentes tónicos de seducción, debido a que era demasiado intensa, y más vino, porque para mí, lo era todo, o nada. Al escuchar que quería deleitarlo, satisfacerlo y amenizar nuestro encuentro, no se hizo de rogar, entonces, únicamente, me agrego que lo dejara desnudar. Obviamente, no me reúse a su petición, ya que tenía todos los puntos de mi categórico plan a mi favor.

Irónicamente, me había auto ordenado castigarlo por sus bajos instintos. Me encontraba acorralada, casi dominada, como arrinconada por Hugo en mí propio aposento. Obviamente, por esa razón, sus negros designios tenían que ser aporreados, azotados y escarmentados. Mi plan era apuñalarlo por la espalda para dejarlo impedido, tullido, imposibilitado de caminar de por vida. Ya que únicamente deshabilitado, se avergonzaría de todo el mal que trato de hacerme. Incluso, así, vengaría, también, la impotencia de algunas otras de sus víctimas. Luego de unos cortos segundos de irreflexión sobre mis actos, lo fui conduciendo hacia la cocina. Mientras bajábamos las escaleras, lo manoseaba, lo tocaba y casi que lo besaba para mantenerlo en estado de hipnosis. Después, masturbando sus partes íntimas, llegamos al infiernillo. Ni un solo instante, permití que la agitación se le borrara de su mente, de sus ojos, de sus miembros genitales.

Abrigando odio en mi interior, no moví mi pensar, lo llevé hasta la mesa de la cocina, muy cerca de las dagas de mi padre y con intrépida astucia no pare de agitarlo. Aunque, en realidad, lo único que quería era levantar la cabeza y, manifestarle mi asco por los poros de los hombres, por sus sudores, por sus asquerosas manos. Y quería gritarle a todo pulmón y hasta volverlo loco que, era lesbiana.

Capítulo 8

SOPORTANDO

El cadáver de mi paciencia se agotó, se secó. El alma de mis caricias, de tanto usarla, se había desgastado. Entonces, busque por mi lado, el desencuentro con Hugo. Mi valor no tenía precio, ya que su valor real era un sentimiento dé fracaso. Por ese fracaso, hice de aquel individuo, mi cómplice. Antes de que él llegara, yo estaba muy contenta conmigo misma. Por lo cual, tuve que procurar acercármele poco a poco, y más y más. Luego, trate de escuchar su silencio, no quería herir sus sentimientos, pero no era fácil regalarle caricias a aquel tenía nombre de calor sin ganas. Hugo me había tocado, me había agarrado el trasero y, mis expectativas eran cargar únicamente con mi equipaje, no con el de él. Siempre deteste cualquier forma de contacto físico con los hombres. Nunca soporte la vulgaridad humana, aunque por la angustia constante de mis venas, había besado algunas bocas femeninas.

Hugo con su falso sentido de humor, había pretendido compartir mi cuerpo con sus ganas, sin estrechar primero mi estimulo, sin haber abierto mi mano vacía, sin siquiera, haber hallado mi sombra deshojada sobre el jardín de mi morada.

Sus dos ojillos se encontraban en la oscuridad con fuerza, el lumbar cortaba la luz entre el pasillo y la cocina. Lo contemple con los ojos bien abiertos, tenía más luz adentro que afuera, entonces desnude mi lengua y le exclame: "Soy lesbiana". Después de esa expansiva expresión, la prisa era inminente, no tenía mucho tiempo, así que alargue la palidez del rostro a las manos y el temblor de los pies a la cabeza. Aunque por una milésima de segundo, mi voz se agito porque las fuerzas de mis manos trataron en vanó de abandonarme.

Todo era inverosímil, entonces, rápidamente, velozmente, las efímeras dudas se me alejaron. Y fue, en ese preciso instante, que estire mi brazo y atrape el enorme cuchillo. Sin dudarlo, sin pensarlo, lo dejé caer sobre su espalda una y otra vez. La repetición de mi acción se hizo eminente, sobresaliente, con premura, debido a que, por alguna extraña razón, la mente me revivió algunos acontecimientos de los cuales yo había sido la protagonista principal. Presa de esos fatales recuerdos, fui ablandando mis manos cada vez más. Oscile la daga de adentro hacia afuera como desmoronando a un derrumbamiento que cargaba por dentro. Le di una paliza por la rememoración del ayer. Termine extenuada, las cuchilladas le dieron justamente de espalda a pecho.

A lo que el cuerpo de Hugo cayó al suelo, lo arrastre uno o dos pasos porque estaba sobre acogida por el doble terror. En ese entonces, el rastro de mi memoria, me seguía. Esa feroz evocación vivía en mí. Y aunque, los había apartado en la memoria de una niña que jugaba en el jardín; ahora habían regresado, habían vuelto, evocando mis penas, o talvez mis culpas. Entonces, llena de angustia, lágrimas y rabia, me apresure a lavar el cuchillo, no quería tener las manos manchadas de sangre, ni ver las dagas de la pared en desorden.

La dificulta que cargaban mis hombros, hacía que me esforzara en recuperar una y otra vez la compostura. La sangre no cesaba de correr sobre la agonía de aquel cadáver. Entonces, de inmediato tire de la cruz que pendía de mi cuello y sin atreverme a pensar que era de oro, la arroje sobre el bajo cuerpo de ese hombre. No sé porque lo hice, probablemente la víctima había gritado y, yo no la había oído.

No quería seguir oprimida por ese infierno mental. Todo había sido a causa de ese repaso del ayer que, me culpaba que, me dominaba. Nunca supe qué me paso. Supuse que todo fue debido al contacto manual, odiaba que me tocaran. Y como mentalmente no logaba ponerme de acuerdo, en ese momento, en ese instante, frente al cuerpo de Hugo, las dificultades me pusieron a chillar, a llorar amargamente. Incluso por un breve instante, deseé suicidarme, estar muerta junto a él. Todo era degradante, sucio y eternamente torpe. Sí, mi cabeza tenía razón, era torpe, muy torpe. Pero mis manos eran grandes y no me habían obedecido. A esa hora, un encogimiento frío, empezó a trabar todo mi cuerpo, no me dejaba libre, me tenía petrificada.

Rato después, medio me desentumí, me dirigí lentamente hacia la puerta trasera. Abrí la puerta del portal y salí al patio a tomar aire fresco. De repente, bajé la mirada y vi la estrecha letrina que había cavado días antes para plantar una nueva rosa. Como cosa de instintos, me eché a cavarla aún más hondo. Recabé la letrina, la hice más profunda. No sé por qué continuaba oyendo los acosos de aquel individuo. No era esa, la conversación que yo esperaba oír, sin embargo, Hugo coqueteaba con la tierra, mientras yo soportaba el cansancio sin decir nada, sin chispear ni una sola palabra. Cada vez paleaba la tierra con más rapidez. Me juraba a mí misma, que como agua de río que corre para llegar al mar, nunca más aceptaría nada de los humanos, porque cuando se odiaba la vida con tanta violencia como yo la odiaba, no quedaba espacio para la piedad.

Obviamente, estaba presa del terror, ya que poseía una sola imagen que no me facilitaba las cosas, sino más bien me fastidiaba. Esa imagen, era la única imagen que preservaba virgen, helada, y escondida dentro de mí. Era la imagen de la última violación de mi padre cuando apenas tenía catorce años de edad. Su último abuso me hizo perder el sentido por varios días. Me había dejado estupefacta y hospitalizada, exactamente me había dejado desbaratada. Esa vez, todo lo había atisbado, nada se había escapado ante mis ojos, por eso, ya sabía cómo sonaba, cuando los hombres sonreían con sonrisa de tontos. Sus dientes se helaban, y su lengua se ponían a hablar y hablar. Pero esas muecas, esos gestos, y ese jolgorio, era todo, menos una verdadera sonrisa de hombre varonil, o caballeroso.

Sin haber sido castigada, lloré sin cesar, nunca tuve miedo de estar muerta en vida, pero no pude, durante toda esa noche, separar la fatiga de lo horrible. Todo se encontraba vacío a mi alrededor, aunque no me asustaba. Inhóspitamente, había empezado a tocarme, hablarme, pellizcarme, y picotearme, quería palparme. Luego, había cogido la tierra del patio con mis manos para sentirme acompañada.

Esa imagen que atesoraba, era el recuerdo de mi padre, así que sentí una tremenda pena por mí misma. Apenas medio me había formado, cuando los perros empezaron a ladrar sobre mis faldas. Sus ladridos desafiaron con rebeldía a mis inocentes ninfas.

Mi madre murió asegurando que por mi cara brotaban los lirios. Porque ella aseguraba, que mi rostro era una esplendorosa rosa. Tersa, lozana y suave. Y que el ocaso dormía sobre mi larga cabellera, para darle paso al alba, a que llorara de amor sobre el crepúsculo de mis carnosos labios.

Capítulo 9

REPULSIVIDAD

Había vivido un ridículo, e insoportable episodio. Nadie que hubiera tenido una risa normal, lo hubiera podido soportar. Paseé mi vista sin sorpresa alguna sobre el panorama que me rodeaba. Me encontraba desprovista de energía, aunque mi asombro y mi astucia habían sido únicos. No podía, ni tampoco quería oír lo que me decía el descortezado cuerpo de Hugo. Se veía descascarillado, desfallecido y descompuesto porque ya casi terminaba de desmenuzarlo en diminutas piezas. Supuse que era mejor despejarlo, despeluzarlo, para poder desplazarlo con facilidad. Al ir desvalijándolo, me fui encontrando con las uniones de sus huesos. Y como yo Era desafilada, por eso, era una rareza que yo cortara carne humana, ya que, ni siquiera, cortaba carne de vaca. Usualmente, no usaba mis manos, ni mis fuerzas, ni mis cuchillos en desflecar, ni tajar carnes. Sin embargo, al desplomar, o cortar carne humana sentía una extraña sensación. Una sensación que me alejaba del estrés, que me acercaba a la libertad. Porque cada vez que agriete, acuchille, partí, o rasgue alguna parte de ese elemento. Sentí vértigo, pero también, sentí tranquilidad.

Seguidamente, empecé a notar mi avance, mi adelantamiento. Entonces, empecé a sentirme más satisfecha conmigo misma. Nadie notaria nada, todo estaba bajo control. En pos de mi recompensa, mi respiración fluía con dificulta, ya que ese indocumentado me había invitado a su entierro. Así que, traspire por mis venas algunos instantes de bienestar. Incluso pensé que era justo que tuviera retribución por todos los ultrajes de los que había sido víctima. Para rematarlo, no le corté la cabeza del cuello, ni el cuello del pecho, no quise que Hugo pensara que era despiadada.

Concluida, la tasajeada había que bañarlo. Por suerte tenía varias toallas que no usaba, nuevas en el desván, para que mi querido huésped no se sintiera mal atendido. Lo fui cargando por partes hasta el baño de mi cuarto porque era la única ducha con tina y agua caliente que tenía la remodelada casa. Lo bañe como era debido, con una tina llena de espuma, buenas esencias y sal de mar. Al fin y al cabo, le había prometido algunas de esas esencias. Después, lo seque de pies a cabeza. A decir verdad, esa deshidratación fue todo un placer. Obviamente, no siempre tuve la audacia de ser gentil. Luego, de pasarle las toallas secas a las trozas carnes de Hugo, lo deje un instante descansar y disfrutar de la limpieza de su cuerpo, y de la comodidad de mi cama, se lo merecía.

Algunos minutos después, sentí la necesidad de limpiar la casa con abundante agua, sobretodo porque la sangre había empezado a secarse. Arranque, mojando toda la cocina, para que se deslizaran las rojas huellas. Empecinada en dejar todo nítido y sin manchas, me eché a trapear la cocina y sus alrededores como loca. El agua corría como borbotones de sangre que poco a poco se fueron aclarando, entonces sentí asco y decidí desinfectar todo con cloro y vinagre, por aquello de los microbios.

Y cuando me tomé un pequeño descanso, alcance a ver la hora. Eran cerca de las tres de la mañana. Como no había dormido, entendí que debía trabajar más rápido. En aquel momento, noté que mi casi no ropa, estaba cubierta entre sangre y tierra. Entonces, que me aligeré y posteriormente tome un duchazo. Ese residuo de hombre tajado, seguía en mí cuarto, sobre mi cama, me hacía sentir rara, debido a que era la primera vez que me bañaba con un hombre. A decir verdad, me dio algo de asco, pero era mi huésped, casi mi compañero de vida porque desde esa noche viviríamos juntos. Ni modo, desde ese instante, lo convertí en un pariente cercano, casi en mi único hermano. De esa manera, tendría alguien con quien parlotear asolas. Toda esa reflexión me llego a fondo, tanto que por ese instante, le tome algo de aprecio, aunque fue algo meramente fugaz.

Minutos después, salí de la ducha, me puse de pie y junto a los trozos de carne sin sangre y al medio cadáver cabeza, cuello y pecho. Realicé una resolución inmensurable, rompí mi fineza y aturdida por un impulso vulgar. Y por el escaso aprecio que ya le había tomado. Hice la resolución de vestirme de negro, de guardarle algo de luto. Después, de todo, era justo añorar, o imaginar un poco de aflicción. Mientras me vestía pensé que la burla era un veneno irónico porque nos tocó recorrer ese último camino juntos. Bajamos las estrechas escaleras y tomamos el dolor entre nuestros dedos. Ese fue, el final de nuestro encuentro. Evidentemente, lo sarcástico fue, que ya lo sabíamos. A propósito, tuve un último gesto cordial con él. Lo amordacé entre mantas usadas antes de sepultarlo. Siempre detesté ese tipo de gestos, pero lo hecho, hecho estaba.

Después del sepelio, todo pareció tan distinto. Plantada sobre el túmulo de tierra, esperé por unos cortos segundos. Pero esperar era algo que detestaba, además supe que Hugo, no me podía entender, así que yo solita debía relegarlo y dejarlo descansar eternamente dentro de su nublada letrina. Había experimentado un vivo placer al cavarla, eso había sido muy digno de recordar, incluso logro emocionarme por un trozo de tiempo.

Había gastado por lo menos veinte minutos bajando sus despojos. También, había experimentado un tímido escalofrió al plantar una inocente rosa, sobre ese transgresor. Todavía, no me convencía de adoptarlo como hermano. Pero, asimismo, no le eché más cabeza al asunto porque debía continuar mi labor sin más pérdida de tiempo. Rápidamente, había soltado la rosa y palada tras palada de tierra, la terminé enterrando junto con él. Tenía amplia experiencia en rellenar letrinas y sembrar rosas. Creo que esas fueron mis últimas conjeturas. Además, me mantendría alerta, ocurriera lo que ocurriera ese individuo, jamás acudió a nuestra cita, jamás toco a la puerta.

Capítulo 10

RESPIRAR SIN AIRE

Inhalaba el aire con dificulta, sin embargo, el ambiente era manso, el aire era una fresca brisa. Hacía mucho tiempo que no salía, que no caminaba por los alrededores de la casa. De repente, me había topado con el lago. De inmediato, había recordado que, por sus impúdicas aguas, había corrido mi infancia, y algo de mi adolescencia. Entonces, me atolondre, me hipnotice, me ensimisme. Y como buena anfitriona, deje que el viento que rodeaba esa desvergonzada precipitación, me acariciara, se deleitara con mi presencia. Ya que, un día lejano a ese, todas mis penas, todo mi padecimiento, se había hundido, se había sofocado, en el centro de su humedad, en el centro de su néctar, en el meollo de sus aguas.

Incorregiblemente, los seres que más odiaba y amaba estaban allí conmigo. A toda hora, a cada instante. Absurdamente, percibía la presencia cercana de sus sombras. La pena de sus almas. El desangramiento de sus corazones. El desorden de sus cerebros. Y, el beso frío de sus lapidas. Sin haber interrumpido el tiempo, pensaba: "Pase lo que pase, todo lo vivido fue felicidad, no hastío". Irónicamente, fue una felicidad que no me dejo sonreír ni soltar alguna carcajada.

Durante, unos minutos frente al lago, goce de una absoluta plenitud. Había sentido una inmensa gratitud por el aire que me rodeaba. Porque me había colmado, en un instante, de paz y tranquilidad. Había logrado apagar los callados gritos de mi alma. Y, hasta había asfixiado, oprimido, y aplacado las gotas de agua salada que escurrían por mis mejillas.

Aun no amanecía, entonces decidí regresar al patio, tenía que acostumbrarme a vivir con aquella cripta bajo mi techo. Por un pequeño lapso de tiempo, descansé mirando el crepúsculo llegar, cuando, repentinamente, vislumbre un fenómeno. La rosa que enterré sobre esos cascajos de carne humana, se había perfeccionado a sí misma. Se había adecuado a esos cachos, a esas perniciosas partículas. Y aunque, me estremeció la espiritualidad de la flor, supuse que, también, era una profundad mofa de aquel espectro. Me encontraba trastornada, trasnochada, y alterada. Sin embargo, el error de mi memoria, me dio algunas pautas sobre los episodios que seguiría esa anima en penumbras. Obviamente, era un procedimiento de extrema capacidad psicológica.

Quizás, por ese error mental, tuve una vida reincidente, ya que casi nunca recapacitaba con la cruel indiferencia entre mis hechos y mis fantasías. Pero ese amanecer, mi cerebro retrocedió en el tiempo, se emergió dentro de sí mismo. Y sin ninguna claridad, me incrusto en los inexplicables acontecimientos de mi ayer, de mis abriles.

Mi capacidad mental había colado, grabo y hasta acaparado todo tipo de delirios, lamentos y pesadumbres. Estaba condenada a perder la cabeza, entonces exclamé, tomándome los sesos con mis dos manos: "¡Pero qué noche más larga!" Por un instante, todo era tan brusco, tan fatal, tan peligroso. Luego, me levanté del túmulo de tierra aún húmedo, aunque apenas pude sostenerme sobre mis piernas. Sufría mi propio suplicio. Era muy factible que perdiera la razón. En plena claridad mental entre a la casa, de ese modo, comprendí que debía esperar a que llegaran las nueve de la mañana, para cancelar conscientemente todas las citas que tenía para ese día. Mismamente, mis dos ojos se encontraban perplejos, por lo tanto, no querían tener sorpresas. Y aunque, sentí que la rosa no me traicionaría, nunca jamás, ni se deslazaría en rumores intensos, ni se atrevería a llamarme asesina. Me encontraba, exasperada. Y maquinalmente, empecé a confundirme con la forma de las cosas. Además, noté que estaba vestida de negro. Tuve la apariencia de ser vista como un alma en pena. Parecía moribunda, desahuciada, morfinómana porque, cuando, vi la tierra de ese sepulcro confundirse con mi ropa, comencé a desvariar.

Regresé a la cocina, tomé la más pequeña de las dagas, era escasamente de diez centímetros de larga. La lleve conmigo ante un espejo. Luego, la oscilé varias veces ante el espejo. Esperaba tomar de la imagen en el espejo, algo de valentía. Mi visión era como una chanza, pero no mi propósito. Entonces, sin retroceder el rostro del espejo, me aclare para mí misma, que debía peinar mis rubios cabellos. Era una cabellera agradable de contemplar. Solté la daga sobre la mesa. Bruscamente, le di la espalda al espejo y dejé pasar un largo minuto. Estaba alarmada por la imagen que había visto en el espejo. Era muy visible que, en el fondo de mi ropa, yacía un profundo aroma a tierra de cementerio. Esa imagen, me había reflejado el cuerpo vestido de una asesina.

Ajena a toda broma humana, observe que entre las destruidas telas negras de mí vestir, sobresalía el extremo negro de Hugo. Con velocidad, me metí nuevamente al baño. Velozmente, me bañe. Me negué en un principio a aceptar esa realidad. Traté de hallarle alguna explicación racional, y al no hallársela, súbitamente comprendí que le había quitado la vida a un hombre. En ese mismo instante, también, recordé que ese individuo se había quitado los zapatos junto con toda su ropa en mi cuarto. Él voluntariamente se había desnudado para ser amordazado. Entonces, aún no había enterrado toda su pestilencia, al menos no por completo. Así, que todavía, tenía que deshacerme de sus ropas. Le eché una mirada a mi entorno. Nada se movía. Lo cual significaba que, tenía que palear una vez más.

Aglutinada, caminé en dirección al patio, al que me había dirigido tantas veces esa misma noche. Corrí hacia la rosa, ya que tenía la obsesión de destrozar, encandilar y destruir todo lo que fuera de Hugo. Pero oí algo por primera vez. Escuche que la planta me murmuraba que no corriera, que me tranquilizará, porque mi sollozó, podría ser una prueba precipitada del polvillo que ahí yacía. Y que, por otra parte, no existía ningún origen de persecución. Como me perturbé, escalé la baya del patio que daba a la calle, la altura de ese muro me permitía observar a unas dos calles de distancia, donde solo un farol desparramaba su luz. Por cuyo resplandor, no pasaba más que el asustado viento.

Todo paso tan rápido que no había notado ni el color de sus pantalones, eran grises. Frunciendo uno de mis cejos y bajando la cabeza en torno a mi cuello, observe unas cadenas de plata corriente que estaban sobre su pantalón, misteriosamente no tenía billetera, ni ningún tipo de identificación dentro de sus bolsillos, ni siquiera cargaba algo de valor, o un poco de dinero.

Le hice una última cortesía, le advertí a su ropa que los vecinos aun vivían algo lejanos de mi casa. Lo hice para evitar que gritaran fuerte cuando las estuviera cubriendo de tierra. Eran trapos juveniles, parecían ropas de un joven de cutis terso y ojos grises, pero sujetas a desaparecer. Casi todo el tiempo sentí que me miraban con actitud agresiva y vigilante. A ratos, me inclinaba para calar la letrina, incluso encogía mis hombros de vez en cuando, y apenas termine, cruce los brazos y espere unos minutos, para escuchar sus clásicos lamentos. Después, con la importancia que me caracterizaba, saqué una elegante bolsa de seda donde guardaba mi ropa interior y empaque ahí, todos esos trapos. Seguidamente, los deposité dentro del hoyo, y por espacio de veinte minutos, paleé tierra sobre ellas. Esas perversas ropas, quedaron sumergidas debajo de la bendita tierra de mi rosal. Una vez más, estaba a salvo.

Por tercera vez regresaría al baño, aunque esa última vez, me bañaría más ligero. Dejaría que el agua me callera a choros. Obviamente, la composición química del agua, era neutra, sin embargo, en ese momento, hubiera deseado tener poderes y convertir el agua en cianuro. Así, abriría mi boca en medio del duchazo y la tragaría, ya que estaba hambrienta por olvidarme de todo. Y eso hubiera sido tan fácil.

Me desnude, tire todos esos trapos a la caneca de la basura y me clave nuevamente al espejo. Me dediqué por varios minutos a disculparme conmigo misma. Aunque, frente a la imagen del espejo, me eché una vez más a llorar. Me observe varias veces, desde lejos, desde cerca y de lado a lado porque sorprendentemente veía a una muda. Incluso, me hacía pregunta tras pregunta y no me contestaba nada. Bajo ese ambiente, no olía a muchas posibilidades, así que, era fácil deducir, que me dedicaría como siempre a respirar el humo que metamórficamente era semejante al aire.

Una vez bajo el agua y restregándome la piel con una suave esponja, me acurruqué bajo la ducha. A los pocos segundos, se me olvido la muda del espejo. Y cuando, salí del baño, me enrollé en una tersa toalla y me escondí debajo de la cama. Eso era lo que solía hacer cada vez que nadie, respondía mis preguntas.

Fue una noche larga de esas en las que una se metía en líos. De seguro, me hubiera gustado ser virgen y haber experimentar algún tipo de deseo por primera vez. Ya que eso hubiera plasmado en mí interior, otro tipo de imagen. Y no aquella pintura tan visible y tan barata que observaba todo el tiempo, debido a que esa imagen, olía a espanto. Cada vez que, olía mi imagen, recordaba cómo había sido pintada. Era una pintura semejante al olor de la extinción. Únicamente, así, pude explicarme cómo fue que desarrollé esa amplitud de olfato.

Debajo de la cama recordé que alguien, algún día trato en vano de salvarme, dando su vida por mí. Entonces, me enrollé aún más. Ya que ese recuerdo, no me entusiasmo.

Durante, las horas que habían pasado, me había esforzado por ganar algunas batallas. Por eso, permanecí por varios minutos con un aspecto cansado. Incluso, creo que me quede, repentinamente dormida. El monologo de mis hazañas intento agitar mi humor, tanto que deje escapar un brutal golpe sobre el suelo. Esa venganza turbo mi matutina rutina. Decidí salir de debajo de la cama, para vestirme y descifrar mi futuro. No sabía cómo sacar a la luz mi verdadera verdad. No sentía nada. Quizás no volvería a sentir. Estire mis manos y soltando mis magullados dedos, abrigue mi cuerpo con lo primero que encontré, aunque me deprimí aún más.

Por largos minutos, me deje ahogar en lágrimas. No sabía distinguir entre un color, u otro. Me sentía más débil de lo normal. Entonces, solté mi cuerpo sobre la cama. Luego, de un breve instante, y con algo de autocompasión, me senté. Me dolía la cabeza. Maldije todo lo que había eludido. Torpemente, trepé a mi tumba. Y, de cualquier manera, empecé a echar de menos, mi lucha diaria. Porque ya, no me parecía bueno luchar. Después, estremecí mi esqueleto, lo acusé de traicionero, de puerco, cochino, inmundo, turbio, y hasta haraposo.

Capítulo 11

TORTURAR NO MATAR

Las alas de las aves estaban atrincheradas en el aire, volaban aprisionadas. Era amargo entrar en el viento y ver tanto movimiento. Se escuchaban sonidos de rituales adversos, antagónicos, y a contratiempo. Las rosas crecían con un solo soplo, con una sola ventilación, y sus lágrimas rodaban por la ráfaga, por la ventisca, mientras un meteoro las contemplaba. Al otro extremo, se movía el espanto callado del alma humana, sus sentimientos ultrajados convivían mutuamente entre la niebla y el hastió de las sombras. El vientecillo, en realidad, era un chinchorro que arrullaba sin manosear, un látigo que golpeaba sin rozar. De cuando en cuando, me reprochaba por la piel de mis manos, el pánico de mis dedos, y el pavor de mis palmas abiertas, ya que sus modos de ser, interrumpían la sorda imagen que me visitaba cada aurora.

Hablaba de mi vida conmigo misma, no era muy distinta de los que vomitaban preocupaciones, cuando abría mi garganta. Tan aislada como distante había envuelto mi pecho con la resignación que el sol me había dado. Mis elaboradas explicaciones brotaban en epilépticas convulsiones. Mi atmosfera, de pronto en pronto, se nublaba, se alteraba, como alterando mi tibia cabeza. Entonces, saltaba entre llamas, y torrenciales aguaceros, entre brutales horrores y horripilantes irritaciones.

Las primitivas mariposas, me habían cambalachado una vida por una penitencia. De modo que, pasaba horas y horas durmiendo sin centinelas. Esas mariposas, me cambiaron una madre por una variedad de malas aventuras. Apenas, revolotearon y destruyeron mi infancia, hicieron un puente con sus alas, para unir el ahogo de mi ayer con el despellejo de mi mañana.

Dialogaba a solas conmigo mismas, cuando un súbito pensamiento me ataco. Yo solo deseaba torturarlo, dejarlo parapléjico, pero no matarlo. Tal vez, todo eso, había sucedido por las penumbras de mis recuerdos. Yo, no era capaz de quitarle la vida a nadie. Pero había estado presa de una inquietud. Entonces, me tomé un interludio de tiempo para recapacitar en lo que había hecho. Todo se estaba rompiendo dentro de mí. Oculte mi rostro con mis dos manos porque no quería ver lo que estaba viendo dentro de mi cabeza. Si, exactamente, me disponía a castigarlo, ¿cómo fue que me dejé arrojar dentro de ese diminuto frío? Ese frío había penetrado mis huesos, me encontraba helada. Allí, congelada, recordé que, mi padre me había visto matar a Hugo. ¡Me espante! Mi padre era testigo de ese asesinato. Y también, había sido testigo de ese acoso. Probablemente, mi padre había enviado a Hugo para vengar su muerte, para vengarse de mí. Y, ahora con su deseo oculto, quería rasgar mi silencio.

En ese momento, la vieja silla, donde me había sentado, me dejó deslizar al suelo porque sintió mi susto, sintió mi ahogo. Y cuando, mi cuerpo toco el piso, la tortura de lo antiguo, abrió bruscamente el cajón de los recuerdos. Me los estaba reviviendo. Yo, había sepultado mi ayer, pero mi padre había estado, todo ese tiempo, esperándome en el presente. De repente, vi, que el pasado quería contarme algo. Era algo que me hacía respirar con tanta dificulta. No deseaba saberlo, pero tampoco, en ese entonces, quise, retirar esos trágicos acontecimientos de mi rostro.

No me costó que, mi padre no quisiera violarme porque se disponía a cuidarme, pero abusaba del alcohol, experimentaba bajos placeres y consumía altas dosis de drogas.

Me quebré a moquear, de pronto y con lentitud miré mi cara dentro de un espejo partido, lo había surcado cuando destrocé a Hugo en cientos de pedazos. Entre amargos sollozos me confesé, a mí misma que, soportaría mi sufrimiento, fingiría ternura, pero que, nunca daría explicación alguna del por qué era tan perversa.

Una vez más, me dejé caer sobre la vieja silla y con un aspecto sombrío, tomé el espejo partido entre mis manos. Frente a la imagen descuartizada de aquel vidrio partido, acepte que era asesina de machos, debido a que lo que más había repudiado en la vida, había sido a los hombres. Y observando, aquella imagen defectuosa, fragmentada, dislocada, empecé a recordar, minuciosamente, la fatal, repetidora y obligada entrega a mi padre. De inmediato, sentí una rara y terrible sensación. Una sensación que, desde todo ángulo, se veía devastadora. Para mi ese lado de mi crónica no confrontaba con la raza humana. Además, nunca creí haber sido, tan culpable en el destrozo del cuerpo de Hugo, porque él se había comportado como un salvaje dentro de mi aposento.

En ese entonces, advertí que era, más desgraciada de lo que realmente yo pensaba que era, debido a que me encontraba presa de mi súbito asco por la humanidad. Y, desde aquella época, me he dedicado a mendigarme limosnas de auto comprensión.

Rato después, con una débil inclinación baje la frente, y contemple los ruidos que me llegaban desde alguna parte de mi mente. Mi vida estaba desierta, una soga colgaba de mi cabeza. Por eso, pensé que nunca sería capaz de recordar todo lo que había vivido. Y aunque, mi rostro tenía una apariencia de sobriedad, sin decir ni una sola palabra, me preguntaba una y otra vez, ¿por qué? ¿Por qué? Y ¿por qué? Luego, volvía en mí, y me admiraba, al mirar con gran atención que, nadie me respondía. Ya que, los retratos, las cortinas, los cuadros y hasta las sillas, no tenían respuestas, sino pelos sobre la alfombra. Pelos que dormían debajo de la luz de la lámpara. Pero, de pronto, esos pelos, me repetían que, como humo de cigarro, volara y me entrelazara con el viejo viento.

Tal vez, actué estúpidamente y no me fije en mi otro cuerpo, en el que convenía no volver a pensar.

Afuera, ese amanecer sembró más soledad que nunca. No me enfade conmigo misma, aunque todo lo que había hecho era grave. Y como, yo siempre había respondido a la severidad de mis actos con angustia, me perseguía una odiosa figura, era un golpe que lloraba mientras pateaba mi alma. Además, una de las grandes contradicciones de mi vida, fue el haber escuchado de otras bocas que, mi rostro era angelical.

Curiosamente caí al suelo y de mi boca manó baba como una necesidad de exequias y funeral. Era una criatura que acababa de perder la tranquilidad, debido a que un lodo oscuro había embarrado mi destino. No tenía propósito alguno, aunque, finalmente, poseía una leve sonrisa, ¡yo que nunca había aprendido a sonreír! Bueno, era más bien una asquerosa mueca. Levantándome, lentamente, me puse valiente y me dirigí a la ventana de la cocina. Miré una y otra vez a las rosas. Incluso, puse el quebrado espejo sobre los bordes de la ventana para verlas dobles, partidas y desiguales, ya que con ellas se revolcaban los restos de Hugo.

Repentinamente, un tenue rayo de sol me hizo recapacitar. Tenía que continuar desinfectando la casa. No podía dejar ni la más mínima huella, ya que debía obrar como ser humano, aunque sus canalladas me habían obligado a ser maliciosa. Con el desinfectante en mis manos, sentí que un escalofrió recorría todo mi cuerpo, porque, de repente, detrás de cada pare, empecé, de nuevo, a escuchar ruidos, gritos, lamentos. Intuí que, Hugo estaba sofocando a mi padre y, viceversa.

Nunca antes, me había interesado entender, o retener en mi memoria, el recuerdo de mi progenitor. Porque durante casi toda mi vida sin él, considere que la naturaleza de mis sentimientos no era criminal, debido a que mis asesinatos habían sido en defensa personal.

Después, de unos minutos inquirí que, me atacaban mis piernas, ya que caminé de un lado a otro sin parar. No supe porque extrañas imágenes aparecían y desaparecían, silenciosamente a mis espaldas. De seguro, me martiricé más de lo habitual. Mi cerebro abrigo, en ese momento, tanto odio que, pude haber matado a mil más en una milésima de segundo. Estuve, fielmente convencida de que todo eso, no había sido más que una típica fantasía mía, debido a que la moral humana, habitualmente, perturbaba mi conciencia. Un minuto después, mis pensamientos se convirtieron en comodines, me hicieron sentir honesta, honrada, y limpia de pecado. Pero, en ese instante, se atravesó un puñal en mi corazón. Hacía tiempo que trataba de recordar mi pasado con detalle, así que aproveche ese momento. Me arrimé de nuevo al desmenuzado espejo, y sin pestañar, me observé detenidamente, no actué, no grité, no lloré, únicamente, me ensombrecí, luego sonreí con un seco aire, puesto que, como en chubasco, empecé a recordar todos los rasgos de mis ayeres.

Capítulo 12
DE AQUÍ PARA ALLÁ

Infatigablemente, estaba presente dentro de mis pensamientos. Había ya pasado un buen tiempo desde la muerte de mis padres. Recordé porque era que iba frecuentemente al parque en busca de paz y soledad. También, recordé porque seguía de lejos la ruta de los pájaros y sin proponérmelo, los espiaba, ya que los quería con un amor ilimitado y celoso, los adoraba por ser tan libres, tan hermosos, tan activos, por imponer tan dulcemente su presencia, y porque tenían el poder de mostrarse fríos, y a la misma vez crueles. Con sus vuelos, me desafiaban hasta hacerme doler el alma, hasta hacerme sangrar los ojos, aun y así nunca había dejado de admirarlos. Pero, inexplicablemente, en ese momento, que todo era lluvia para mí, comprendí mejor sus ansias, sus melancolías, su soledad, su forzada entrega al viento. Comprendí su vulnerabilidad. Como, me hubiera gustado poder verlos, en ese mismo instante, y haberles dicho que los comprendía, debido a que había experimentado algunos de sus mismos sufrimientos.

Me había enganchado a una estrella como quien temblaba a la sombra de un cometa. Incluso, puse a Dios por testigo de que no tenía sonrisa de lata, ni nunca el amor ardió por mi ser, entonces, ¿qué me había pasado? Me había asaltado una congoja que se reproducía a sí misma, mientras limpiaba con rabia las últimas sangres frías de Hugo. Hugo, me había impuesto a toda hora su presencia. Eso había sido cruel, y por eso, no me sentía exenta de tener terror dentro del baño. Dentro del lavamanos aun escurría una gota de sangre viva. Esa gota roja, persistía en recordarme que ya era tarde, que nada podía devolver a la vida a aquel violador. Entonces, un aire sombrío, me impulso súbitamente a gritar sin parar. Me vi obligada a suplicarle al cerebro que cesará, que parara, que no me atormentara más, que no me condenara con tanta severidad.

En una época, las heridas recibidas me llevaron a una prisión interna, y aunque, desde ahí, asumí el extremo hacedor de ejecutar riesgos y de quitar grotescamente obstáculos de mi camino. También, desde ahí, redoble las distancias entre la vida y la muerte. Los pensamientos formaron una rebelión en contra de mí cerebro. Luego, me hicieron descender de piso, debido a que portaba en una de mis manos un arma de fuego y en la otra una oxidada espada. Y, desde esa senda, reafirme que, era solamente, un ser humano como todos los demás, pero noté que, un velo de descontento permaneció sobre la tierra, porque, ciertamente, la grandeza y la justicia pesaban sobre las espaldas de inocentes seres. Yo, fui uno de esos inocentes seres. Nunca supe como descargar el peso de que pusieron sobre mi espalda. Siempre me encontré vacía y hambrienta por los opresores.

No me avergoncé nunca de haber matado al desdichado de mi padre. Me apoderé de todos sus huesos y oculté sus huellas bajo el sepulcro de mi madre. Recuerdo, claramente, que perdí por completo la cabeza, que me desesperé, cuando vi que mi madre vigilaba a mi padre. Ella buscaba pruebas porque no entendía el desgarramiento de mis piernas. Arbitrariamente, las heridas que había recibido entre muslo y muslo, me impedían casi que por completo caminar. Entre pierna y pierna, tenía desgarrada la vagina.

Con una sola palabra de mi boca, mi madre lo hubiera denunciado ante las autoridades, pero las mortales mordeduras alrededor de mis labios, me los habían dejado hinchado como jeta, boquerón, u hocico de marrano en el matadero. Mis labios estaban casi desfigurados. La desfiguración de mi fisonomía facial, fue causada por las repetidas canalladas de mi progenitor. Ese cruel recuerdo, me hacían detonar enormes lágrimas. Eran cristalinas gotas de agua salada. Esa sal roseaba mis heridas, las enrojecía, las hacia arder, les revivía el dolor. Esas heridas, en el pasado, incrustaron a mi madre en un mar de llanto.

Mi madre lo conocía muy bien, ella estaba, en ese entonces, decidida a jugarse el todo por el todo. Mientras caminaba por la casa, ella iba exclamando que, mi padre era un psicópata. Esa tarde, recuerdo muy bien que, mi madre se apodero del único machete que teníamos. Rato después, con rabia, agarro el machete entre sus dos manos. Con la rabia de una mujer desesperada, oscilaba el machete. Una hora más tarde, oscilo el machete muy cerca de las manos de mi padre, aunque sin suerte y con muy poca presión, con muy poca fuerza. El machete rodo por el suelo, era un cuchillo viejísimo, sin filo y oxidado que utilizábamos para recordar a abuelo paterno.

Entonces, mi padre reacciono físicamente, con un movimiento rápido. Su codo izquierdo apartó el brazo armado y siguiendo el giro, su puño derecho chocó con la mandíbula femenina. Mi madre y el machete cayeron al suelo en distintas direcciones. Mi padre recogió el machete y con más suerte que ella, lo introdujo en los sesos de mi madre que aún no se había recuperado de la caída.

Mi padre se calmó de inmediato al ver que los nudillos de sus dedos habían chocado con una nuca de carne viva, y no en la de uno de sus fantasmas. Sin embargo, al mirar a mi madre tendida en el suelo del desván, se estremeció. Se arrincono en una esquina del salón, contra unos viejos barriles de madera, y sosteniéndose la barbilla con sus manos, miraba fijamente al cadáver de mi madre.

Desesperada, le grité: "¿qué hiciste? Maldito asesino, criminal". Mis gritos no fueron más que leves muecas porque, aun no me recuperaba físicamente. Rápidamente, tendí mis manos para socorrer a mi madre, pero todo fue inútil. Ella no se movía. Entonces, con mis dos ojos rebosantes de rencor, fríos y más salados que el mar, lo volteé a mirar con mirada asesina desde el cuerpo de mi madre, espléndidamente encorvado y le grité con un infinito odio: "Te lamentaras por esto". Cuando le grite, se me despedazaron aún más mis labios, y me empezaron a sangrar. Él se levantó y me tendió sus manos para ayudarme a levantar. Le murmuré sollozando que no me tocara. Respondió que lamentaba haberla golpeado y se dirigió para la olvidada bodega de vino, a hacer lo único que aprendió a hacer durante toda su cochina vida, beber hasta embriagarse y perderse dentro de él mismo.

Tanto mi madre como mi padre, me dieron un buen consejo, matar para vengar.

Mi padre era un hombrón con rostro afable y cabello gris. A decir verdad, lo conocí muy poco, aunque sí mucho por su reputación. Franco Maderos tenía fama de ser un cazador de mujeres muy eficaz, con más de veinte años de experiencia en el oficio.

Capítulo 13

INOCENTE VENGANZA

Ese tablero de recortes sobre noticias insólitas que existía en mi memoria, conversaba conmigo y de rato en rato, desafinaba mi orquesta. No había nadie por mis alrededores, así que aquel sonido de recuerdos salía de un cartel sin fondo que nadie veía. Ahí, yo aún no sabía que, de vez en cuando, me encogía de hombros para imaginar algún porvenir. Apenas vi que mi padre subía las escaleras del desván, me asedio un extraño deseo de vengar a mi madre. Vivíamos en un lugar raro, muy bueno para torturar. Era una casona a las afueras de un pueblo olvidado por la humanidad. Había sido, alguna vez, una autentica bodega de vino, donde había habido un hombre rico, muy orgulloso de su bodega y del vino que él producía, pero en ese entonces, lo único que albergaba era los delirios de un ermitaño al cual tuve que llamar por varios años padre. Con mi sed de venganza, verifique que estuviera ebrio como siempre. Luego, me arrodille y ore sobre el cadáver de mi madre que aún seguía en el desván donde había sucedido el crimen. Estaba segura de que mi padre no sabría al día siguiente lo que había ocurrido, con seguridad no recordaría nada, como casi siempre ocurría, y me pediría que desapareciéramos el cadáver porque, al fin y al cabo, era un demente, así que me adelante a sus hechos.

Mi memoria era infinita, recordé que, en el cuarto de mi madre, ella tenía un pequeño revolver que le había pertenecío a mi abuelo materno. Obviamente, también era la única reliquia de su familia. Por mis mejillas rodaban oscuras lágrimas que me ayudaban a borrar la mitad de mis recuerdos y me armaban de valentía. Con un movimiento brusco por la incomodidad de mi andar, extraje el arma del cajón, verifique que estuviera cargada, lo guarde en mi bolsillo derecho y salí del cuarto de mi progenitora con la más honda aflicción. Luego, me dirigí a la bodega donde estaba el ser que me había dado la vida, pero no de comer, lo miré de frente como quien quería enterar a la victima de lo que le iba a suceder. Él ni se inmuto, pareció que ni me vio, me dio igual ya había decidido mandarlo esa noche para el infinito infierno que era donde realmente pertenecía.

Rodeé al que olía a muerto y recordé que el machetazo que acabo con la vida de mi madre fue en los sesos, así que decidí que los asesinatos de mis padres tendrían eso en común.

Relatado de esa manera, parece ilógico, pero era escéptica. Dentro de la bodega, me rascaba la cabeza como, para tratar de razonar, como para tratar de precisar mi tiro. Y pensaba que, tal vez, debía acercarme un poco más a él. En ese momento, mi misión era diferenciar entre lo que él había hecho y lo que yo estaba a punto de hacer. Él le había clavado un puñal a una desvalida mujer, por la espalda. Y, yo iba a dispararle a él un arma por detrás.

A lo que logré terminar con mis temores. Estaba lista para emprender mi tarea. Me ubiqué a sus espaldas, ya que de frente había fracasado. Era indispensable que mis ruegos llegaran al cielo porque me veía sin consuelo. Pensé que de espaldas no me detendría nada, ni nadie y así fue. Sentí que empalidecí, el horror era evidente, me temblaban las manos, las tenía sudorientas como si supieran que iban a estrechar un arma asesina, camine unos tres pasos hacia delante, e hice un avance, saque el arma y presa de ansiedad recordé el cadáver tirado de mi madre, me atrapo de nuevo una rabia penetrante, más al verlo hartándose, proclame mi premio, rápidamente me persigne y antes de aflojar el arma calcule que las balas fueran directas a su cabeza, exactamente a sus sesos. Luego, dispare los tres tiros que el arma contenía sin parar. Ya lo había premeditado.

Lo más vergonzoso de aquel ser, cayó sin sentir, cayó al suelo que pisábamos. No lo niego, tuve suerte, su sangre no mancho mi cara, aunque burbujeaba de su cabeza para afuera como babas de perro con rabia, eso me libero de lamentos. De todas maneras, siempre me lamente de no haberlo hecho sufrir, o por lo menos rogar, suplicar por su cochina vida, arrastrándose por una gota de esperanza, apelando a mi lado bueno. Pero, yo no podía hablar por las mordidas que su salvaje boca con dientes, les había hecho a mis dulces labios en noches anteriores, me había casi destrozado como si yo fuera mortecino y el carroña. Que, si lo odiaba, válgame Dios, claro que sí, aun sentía sus pelos, uñas, asco, rabia y todo su pesado cuerpo sobre mí. Incluso, tenía frente a mí su falta de escrúpulos, había matado a su propia esposa que era una mujer bonita y ávida de vivir frente a mí.

Dejando ese temblor y con mis deformados labios, pálidos como la nieve trague agua sin apartar mis ojos de él. Luego, me le acerque y mire de frente a los ojos del brutal asesino del único ser que me había amado. Certifique que estuviera totalmente muerto para evitar algún tipo de chantaje sentimental.

Trate en vano de arrastrarlo en dirección al lago, aunque fue un inútil esfuerzo, entonces tome la decisión de multiplicarlo. Esa bodega era el lugar más adecuado de la casa para despedazar a ese torcido payaso. Si, payaso porque ciertos rasgos de su rostro sin vida eran cómicos y graciosos. Sus rasgos deformados y caricaturizados en parte eran ridículos y despectivos. Ese cadáver en vida había sido un embustero charlatán, pero en ese momento, no era más que un sordomudo.

Casi toda su brutal vida estuvo chiflada, incluso tuve la convicción de que no sabía analizar el respecto humano. Nunca entro al manicomio porque tenía la habilidad de elogiar trajes femeninos, que definían en esa época, al masoquismo moderno. Gruñía como perro, en una de sus etapas había sido patrón de una cuna de mujeres, se creía un hombre muy valiente, pero únicamente, había sido una ruina más de los Juanes, ya que, como todos ellos, había también, comprado flores cortadas.

Capítulo 14

FALSAS IDEAS

Me resultaba grato pensar profundamente en mi madre. Ella había nacido para no molestar a nadie. Como no acordarme de un ángel. Nunca supe porque si podía repetir de ropa, pero no de madre. Ella había sido un ser extraordinario, un ser único y hermoso. Ame a mi madre más que a nada ni a nadie en el mundo.

Nunca supe cómo explicar mis defectos, ya que no goce de un gran respeto por las imperfecciones humanas. Debió ser, porque razonaba y trataba de apartarme de esa maldita adición que tenían las personas por los maltratos físicos.

¿A dónde llegaría si la ceguera de mis desordenes me seguía dominando, si no paraba de presentarse ante mi como algo fácil? Que pregunta más locuaz. Ya que, lo absurdo era hallar algo en común entre mi padre y yo, y además que fuera notorio. Era frívolo imaginar que la sociedad pudiera entender la causa de nuestra disolución. Evidentemente, eso fue cosa del azar, o de una ignorante aventura, la cual me pudo haber inducido a un solo derecho. Al derecho de cobrar toda esa rabia contenida. Indiscutiblemente, mi madre fracaso al tratar fríamente de tener una familia normal. Aunque, en cierto modo, e indirectamente, la variante estaba en encontrar la dirección correcta, pero resultaba algo grotesco, debido a que nosotros tres carecíamos de la justicia humana.

Pensaba en mi madre porque no mucho tiempo atrás esa joven se había hundido hasta el cuello de amor por Franco. Había perdido su brújula y con ella su destino. Y desde ese instante, mucho antes de que yo naciera, el asesino de esa hermosa rosa, se había convertido en mi maldición. Maldición que sonaba petulante porque pereció que esas palabras enorgullecían al poder de las estirpes del desierto humano. Esa jungla poseedora de la más bella flor, tomaba uno de sus preciosos pétalos, cada noche por nada. Tal vez, se sentía bendecido con su fragancia. Entonces, yo tuve que actuar, no dejaría que le deshojara ni un pétalo más. Él había tenido la mejor rosa del mundo entero, pero la había descuidado más que a ninguna otra flor del planeta.

Regresé mi visión a ese incrépalo despojo humano, y al ver su cuerpo tocando el suelo como tantas veces él había ridiculizado el mío, sentí por primera vez placer. Fue el estupor de un placer que floto por todos los poros de mi piel. Sus continuas violaciones tiraron al bote de la basura mi hipotética posibilidad de pensar como una adolecente normal. Cada vez que eso paso, mis pensamientos eran los de un gusano que se arrastraba por el lodo, por haber hecho algo monstruoso, algo siniestro. ***

No en vano me sonroje intensamente, aún más que la primera vez que ese hombre me asusto, cuando aflojo mis piernas con la punta pie de su grotesca desproporción. Todo eso, había ido en contra de mi corta estatura, comparada con su feroz fuerza. Nunca justifique su estupidez de ser inútil, ya que mudo, ignoro mis ruidosos gritos y mis débiles temblores. Siempre mi mente me refresco esa primera agresión porque me hizo pensar más allá de mis escasos doce años de edad. Fue un recuerdo que como engrudo, pego mi inocencia al confuso aire de la ferocidad humana. Nunca, me repuse de ese llanto forzado. Se aprovechó más de lo debido, y con su irrespeto ridiculizó las dos mejores cosas de mi vida. El gorgoteo de las gotas de sudor que caían sobre mis sienes al evaporarse un día y mis ilusiones de deshojar margaritas.

Perpetuamente, todo fue desproporcional cuando él estaba inerte, yo conté con la onírica fuerza que emanaba del tesoro de la juventud. Y él se achicopalaba en el suelo como una lagartija, como un defectuoso gusano. En fin, no proseguiría en errores, así que, cerrada de mollera, acabe totalmente con él. Brutalmente me arrojé sobre su cadáver y sin analizarlo dos veces, lo empecé tasajear como a una res. Separe los filetes de los huesos. Era un corte muy grueso, por eso mejor paleteé los cortes, ya que contenían un poco de grasa en sus costillares, más bien era abundante grasa alargada con pequeños huesos intermedios. Aunque, lo primero que le arrebate fueron esas dos endemoniadas manos que, no eran gran cosa, eran venenosas, sádicas y moribundas, por eso fue que mi mamá había intentado cortárselas porque sin duda ella sabía que no eran manos laboriosas como las suyas.

Ocupada con los matinales cortes de carne, la belleza de mi madre me turbaba por ratos, porque se negaba a caminar sobre ese despellejado ser. Entonces, comencé a chillar de soledad. Las lágrimas caían sobre mi pecho y ese llanto me hizo gritarle una y otra vez, y desde lo hondo de mi sentir: "Tú siempre nos mataste en vida".

Las perladas lágrimas de mis ojos, en ese silencio, tomaron un puñado de oro y lo pusieron sobre la ausencia de mi madre. Entonces, grite una vez más, aunque ese berrido fue para mi dulce madre, le grite: "Perdóname y no partas, no te vayas, no sigas con esos largos viajes, te adoro". Y me senté chillando cada vez más fuerte, tuve esa inquietante necesidad de ahogarme en llanto.

Minutos después, sentí un extraño vértigo que me hizo mirar al suelo porque esa carne con huesos, era tiesa y estaba totalmente mojada en sangre. Incluso, esa venenosa sangre, también había mojado mis ropas, aunque me alentó saber que el resultado se veía como el hierro que frío era fuerte, pero al calor del fuego se derretía dejando ver toda su debilidad. Además, era grotesco que me torturara trozándolo rápidamente, cuando nadie nunca llegaría al día siguiente porque en verdad, casi nunca tuvimos visitas. Eso facilito mi trabajo y ese razonamiento, aumento el fin que buscaba, no valía la pena afanarme. El tiempo, estaba a mi favor. Entonces, una profunda depresión me ataco porque la mente me revolcó una extraña mezcla de sentimientos y de resentimientos que, disolvieron mi esperanza y debilitaron mi ánimo. Aun y así, seguía dispuesta a todo.

Esas falsas ideas me dieron trastornos y posibilidades. Así que lo destroce hasta más no poder. Los pedazos cada vez se me hacían más grandes, entonces intuí que debía trozarlo aún más porque era necesario achicopalarlo lo más que se pudiera.

La tarde se fue y no lo noté, al igual que la noche. Me detuve un instante, al ver que llego el siguiente día. Me sentía poseía por una atroz voluntad que, me ayudaba a decidir qué hacer. Debía arrastrarlo hasta el lago. Dentro de la propiedad, teníamos un pequeño pantano cubierto por un gran matorral, y algunos elevados árboles. Esa laguna era el gran atractivo natural de la casa, en realidad, lo vi siempre como un estanque sin aire porque estaba totalmente descuidado, además era agua estancada incapaz de moverse para llegar algún día al mar. Aunque, en ese momento, deseé que fuera un agujero negro de esos que se tragaban todo cuanto encontraban a su paso.

Como, entre lágrimas y moqueos, le había prometido al cadáver de mi madre que pondría al desgraciado, despellejado, bajo un hermoso árbol. Se lo había prometido, únicamente, porque ella aun lo amaba. Y ese sería un natural sepulcro, incluso se acoplaba a un orden espiritual, aunque para mí no denotara, nada más que repulsión y una que otra pintita de aborrecimiento, hirviendo por los ventrículos de mis venas. Así, que cruce mis dedos y me olvide de la falsa promesa de amor, que le había hecho a mi madre, porque ese vagamundo no se merecía nada puro, entonces, lo hundí para siempre.

Capítulo 15

GUERRA SIN CUARTEL

Me pesaba la cabeza. Ese peso me hacía sentir tonta. ¿Acaso mi cerebro se había mudado a vivir dentro de la semilla del corazón? Al parecer, el ombligo de mi alma, era la litera de mis sesos. Devastada por la cantidad de días en los que había estado maquinando como contarle a mi madre que el rigoroso, e implacable ser, al que ella llamaba esposo, y al cual había confiado todo mi cuidado, era un pecaminoso pecador. Me encontraba con una mente distorsionada. Nunca me atreví a contarle nada a mi madre. Creía que ella no me creería, pues era muy evidente, que mi madre tenía encendida la lámpara de su corazón, en dirección a darle siempre la razón a Franco. Cada una de las tonterías que papá hacía, tenía lucidez en el rostro de mamá, porque ella lo inmortalizaba, reventaba hasta sus huesos de amor por él. Incluso, vivíamos tan aislados por las perturbaciones emocionales del supuesto hombre de la casa. Él pasaba casi todo el tiempo agitado, miraba a los hombres con rabia, mientras a las mujeres las desnudaba con una leve ojeada. Cuando estaba en público, confesaba sus defectos sin que nadie se los preguntara. Algunas veces, baso su argumentó, en que él, supuestamente, no era egoísta. En general, mi padre era un ser detestable. Su petulancia, su insolencia, y su descaro, se completaron con todos esos morbosos actos que destilo sobre mí frágil cuerpo. Me atrevería a decir que, yo fui lo único diáfano que sus baldías manos tocaron durante toda su puta vida.

Mi madre no era un ser mal pensado, siempre miro hacia su imaginación con absoluta inocencia, nunca pensó como Franco, o como yo.

Nunca, jamás, supe qué trato de construir Lubina Roa, (incluso sigo sin saber si se dirigía realmente para alguna parte) pude decir que ella era superficial, aunque no fue eso exactamente, ya que mi madre nunca actuó como una sonámbula.

Recordaba que, aquella mañana Lubina contemplaba el selvático terreno, de seguro, ya había descifrado que, ella no era ninguna fanfarrona, aunque vivía con una liebre. Y los lagartos del terreno habían convertido a esa liebre en huella, en una marca, en una lacra, difícil de cicatrizar, difícil de quitar. Obviamente, los actos de Franco, ya no dejaban espacio para las dudas de mamá.

Hacía como unos seis meses, que la visión de mi madre, le había empezado a plantar en el fondo de su alma desolación. La primera cualidad que mamá empezó a notarme diferente, fue mi absurdo comportamiento, era grotesco y algo vulgar. Sin explicación alguna, mi aspecto físico había cambiado. Me había convertido en una chica sorda, muda, corriente, y casi que ordinaria. Mi cabello permanecía casi siempre en desorden, mis ojos opacos y mi rostro inexpresivo. Y, esa mañana, mi madre había detenido su visión ante la imagen destrozada de mi cavidad bocal, ya que imitaba a un torreón en plena descomposición. (Creo que ella, debió sentirse culpable).

Regreso al entierro de mi progenitor. Nada tenía sentido, creo que crecí distorsionando el pensamiento de los seres que me rodeaban. Les fallé por completo. Nada elogioso para alguien que supuestamente tenía una vida por delante. En ese entonces, mi voz colgaba de un odio impetuoso que siempre vivió en la patria chica de mi alma. Así que, emprendí mi viaje y aunque garrapateé, embolse en plásticas bolsas negras de basura, todos esos trocitos de carne con huesos que aun destilaban algo de sangre. Eran los restos de Franco. Luego, cargue una a una las empaquetadas bolsas hasta el estanque. La carretera era asfaltada, pero poco a poco, logré, llevar los paquetes hasta una de las orillas de aquel pozo. Aunque, con brusquedad, porque pesaban, pero tenía que dejar aquella molestia atrás. Tuve tiempo de sobra. Incluso, tuve tiempo de imaginar. Imagine que llevaría ese cargamento ante la única construcción a la vista que, era una edificación muy original y presuntuosa, ya que imitaba a un antiguo castillo de ninfas caníbales. Pero, en realidad, nuestra casa era la única del sector, por eso, se veía medió llamativa. Además, ocupaba toda esa área, gozaba de ese lago y de la antigua bodega de vino con un pequeño, pero espeso bosque alrededor.

Busque el lado del pantano más desértico, para cavar la tumba de mi violador. Más allá de la vieja bodega estaba el lago. Soltando la última de las bolsas, me recline por un instante sobre una de las rocas que rodeaban aquella laguna. Luego de un par de minutos, me desplace a un frondoso árbol que alcance a observar. Era un árbol raro, algo encorvado, alto, de escasas hojas y ramales hundidos. Creo que era un viejo sabio. Entendiendo por sabio, que sabía lo que era correcto y lo que no también. Ese árbol daba órdenes, porque con autoridad me susurro que abriera las bolsas, que las hiciera más pesadas, que las rellenara con piedras y tierra, que luego, subiera la carga al bote y que con paciencia remara hasta el centro del lago. Y que, cuando, sintiera anchas ganas, deslizara uno a uno los paquetes hasta que se hundieran todos, dentro de su negro fondo. Le obedecí, aunque a ratos, me detenía ante el extraño comportamiento de aquel árbol, debido a que no había sido nada usual su proceder. Pero luego, y sin equivocarme continué hasta terminar mi labor. Unas continuas ráfagas de viento fresco que pasaban sin pasar, lograron ponerme un poquito nerviosa. Después, de algunos eternos minutos, logré desocupar la lancha de la basura que cargaba. Y, de repente, había contaminado al lago con mortecino.

¡Ciertas cosas eran bien raras! Mientras lavaba la olvidada bodega para desaparecer por completo la pestilencia de Franco, debido a que la sangre de ese maniático se había empezado a secar. Se había desgajado un regalo del cielo. Un desgarrador aguacero se había soltado, era similar a una granizada, era agua bendita choreando por mi morada. Esa tormenta, lavó mi consciencia. Incluso, cuando la llovizna seso, lleno mi estómago de vacío, pero se llevó consigo la sangre que se había derramado camino al pantano. Entonces, con jabón terminé de lavar la suciedad oculta de toda esa antigua bodega. Mis manos parecían furiosas, trabajaban y trabajaban sin parar. Por último, esparcí azúcar para endulzar la amargura que hubiera podido habitar en aquel lugar. Y desde ese día, me avergoncé de mi misma, porque mi odio por aquel fornicario, se acrecentaba más y más. Rato después, cuando regresé al desván, donde todavía, seguía tirado el cuerpo de mi madre. Deseé volver a asesinar.

Capítulo 16
RECUERDOS LÍMPIDOS

Por consejo de mis sesos, me desahogare redactando algo de las violaciones, supongo que lo hare para evitar la mezquindad que pudo existir dentro de la modestia de mis crímenes, debido a que no fue nada fácil ser modesta, cuando la modestia no cargaba consigo algún tipo de humildad.

Por muchos años fui una boba hermosa, que llamo la atención porque carecía de defecto físico y de razonamiento mental. En aquella época, la perfección femenina, enfermaba lo sutil del género masculino, a causa de que el reflejo de la belleza física, escaramuzaba los genitales varoniles.

Apenas si, había crecido un poquito, cuando ya mi padre no dejaba de observarme con sus dos enormes ojotes. Inocentemente, había empezado a notar que, con más frecuencia, me cargaba sobre sus piernas. De repente, un día, empezó por introducirme, vaginalmente uno de sus largos y gruesos dedos. Inclusive, fue manualmente como me rompió el clítoris, acribillo, de esa manera, mi virginidad. De ese modo, fue como inicie la pesadilla que, mi hizo escapar del mundo real.

Lo primero que debo confesar es que no sabía nada de morbo, por eso, nunca pude prever que, cuando mi padre se cansara de utilizar sus torpes dedos, se adueñaría de mí cuerpo. ¡Como sufrí por sus imperfecciones! Fue insoportable. Tenía once años de edad, en el momento que, experimente los primeros actos sexuales, de sus dedos penetrando por debajo de mi falda, tocando balurdemente mi vulva, destruyendo mi clítoris.

Con el primer brutal descargo manual de sus dedos, sentí angustia. Una angustia sorda y sin sentido de que alguien se pudiera enterar. Quizás, llegué a pensar que yo era la pecadora. Incluso, recuerdo nítidamente las imágenes, de aquel entonces, en el televisor. Eran escenas pornográficas, que él usualmente, veía para emocionarse aún más. Eran imágenes grotescas.

Pasé millones de minutos luchando por nada. Y después, no tuve más remedio que, someterme a la inútil deshonra, debido a que la serie de gritos que solté, desde mi estrecha garganta, resultaron totalmente indiferente para mi padre. Él, me arrojaba al piso y con desesperanza volteaba su cara para desgarrarme los vestidos una y otra vez más. Yo, mire tantas veces la rudeza de su rostro colgar sobre un temblor frío. Creo que él sufría de lagunas inexplicables porque no hablaba, únicamente, se movía insaciablemente, sobre mí débil cuerpecito. Me asfixiaba, ya que no me dejaba casi ni respirar, sentía que moriría por falta de oxígeno en mis pulmones.

Sus lerdos abusos, me impedían comer por días enteros. Aunque, de repente, algunas veces, en vano lo empujaba, jadeaba con él. Todas esas crueles circunstancias, hicieron que mi padre, lentamente, empezará a empotrarme algo más duro, algo más doloroso, algo más sombrío y algo más asqueroso que su miembro viril dentro de mi vagina. Por todos, aquellos acontecimientos, fue que, empecé a despertar un exclusivo repudio por los hombres.

A lo largo de todo ese tiempo, algo me hipnotizo y me llevo a pensar que pasaría toda la vida bajo esas mismas circunstancias. Ya que, a pesar de todo, nunca logré entender como me pudo pasar todo eso a mí. Jamás, encontré algún significado que fuera profundo, veraz, o que respondiera por esos actos. Durante, casi cinco años, fui forzada a experimentar esas dramáticas escenas. Dramatismo, que se reprodujo de tres o más veces por mes. Sus crueles experimentos quemaron, desampararon y desesperaron mis cautos sentimientos. Todo eso, paso de una forma inexplicable.

Ese hombre era impúdico, ya que, sin pudor, con sus tenazas, arruino mis inocentes tallos. Forzó mi minúsculo cuerpo a ser grande. Destilo su venenoso dentro de mi flor. Por eso, crecí sintiéndome como un espanto de patas abiertas. O como un espectro queriendo salir de un infierno, que era dominado por un déspota demonio. Al comienzo y por mucho tiempo, mi padre, me hizo creer que, era yo una pecadora, una delincuente, lo hizo para silenciarme y, lo logro. Ósea que, quiso pasarme sus delitos.

Casi al borde del desespero intenté algo por primera vez, lo escupí como a una porquería, me encontraba asqueada de él. También, pudo ser, porque sus calambres, me empujaron a mordisquearlo atrozmente para dejarle huellas, marcas, o rasguños, aunque él ni se inmuto. Huellas o evidencias que mi madre pudiera notarle a simple vista para que perniciosamente se convenciera de no escaparse de su responsabilidad de ser madre antes que empleada. Ya que, sin querer, ella me abandonaba bajo las contradicciones físicas, maniáticas, y dementes de aquel viento suicida que vivía con nosotras. Por qué así fuera, sin querer, mi madre, me dejaba indefensa, asustada, triste, con odio y con mucha soledad cuando se iba a trabajar. Mis ojos no podían evitar culparla, acusándola cuando regresaba cada fin de semana, de todo lo que me había pasado. Obviamente, eran situaciones irónicas, adversas porque ella no entendía nada. Aunque, cada lunes, llorosa y dolida era como la despedía, pero nunca me anime a contarle nada.

Con un sentimiento de mucha soledad, nunca supe cómo descifrarlo, ni cómo iba a ser capaz de sobrevivir sin mi madre. Me pare viendo hacia abajo, por encima de la barbaría, por debajo de las nubes. Sabiendo que por debajo tenía agua contaminada. Trataba de buscar valor para salvar mi alma. Sabía que, si ataba el alma al cuerpo, las probabilidades de sobrevivir eran muy pequeñas. Tenía suficientes recuerdos para desalentarme por el resto de mi vida.

Por mucho tiempo, creí que le pertenecía, había dejado de sentirme su hija, debido a que de puertas hacia dentro era su grotesco objeto sexual. El objeto que le trasmitía bajas satisfacciones. Él había tomado, mi inocencia como su manía. Me había inmovilizado, fui su momia. Incluso, llegue a creer que los fines de semana al lado de mi madre, no lo tranquilizaban porque cada vez me utilizaba con más. Entonces, también, me había convertido en su tranquilizante de turno. A menudo me preguntaba: ¿Que seguiría?

Mi destino estuvo lleno de miseria, deseé anónimamente que los fines de semana no pasaran tan rápido porque entre semana los días eran agitados, temerosos y sin oxígeno, pero cuando llegaba mamá el peligro se alumbraba como cuando salía el sol. Las voces, los gritos y los vagos recuerdos se alejaban apenas la veía atravesar la puerta.

Con melancolía imploraba al cielo para que mamá ya no se tuviera que ir. A veces, no dejaba de mirarla como rogándole, internamente, por ayuda, nunca supe porque ella no lo notó. Si, estábamos solas, ya que ella me había pertenecido desde siempre. Sin embargo, las mudas palabras no le relataron lo que mi amarrada lengua no le podía pronunciar. Mi garganta estaba seca por los ahogados y ciegos labios de Franco. Mi madre jamás notó, que desde algún tiempo atrás, había dejado de llamarlo papá.

Aunque, por las últimas semanas había crecido una especie de locura en mi madre. Constantemente, me estrujaba los brazos para que le dijera porque mis preocupaciones hablaban con rabia y sin lágrimas. Me decía, mientras, me miraba con ternura que, me quería y que había que decir ciertas cosas, no callárselas. Cosas verdaderas que le confirmaran sus intuiciones. Se daba media vuelta para verificar que Franco no la estuviera escuchando. Luego, me sonreía y levemente fijaba su mirada en mi rostro, como buscando rastros de ingenuas sonrisas. Pero de golpe, se asombraba y perturbada temía no entenderme, entonces, me agregaba: "Temo dejarte y me duele infinitamente que mi ausencia te haga daño, háblame, confía en mí, soy tu madre", sin darse cuenta se respondía, ella misma, correctamente. De cualquier modo, se preocupaba, estaba perpleja y trataba de investigar, pero aun y así, no dejo nunca de trabajar, de viajar, de dejarme asolas con él.

Muchas veces mi timidez tropezó con el cuerpo del conocido, que se me había vuelto desconocido. Era imposible, resignarme a perder lo que mi atolondrada cabeza no entendía con lógica. El dador de mi vida, me estaba entrenando para sus bajos instintos. Tuve la plena certeza de que no exagere al decir que él fue mí maldición. Pero lo peor que quedo de todo eso, fue mi absurdo silencio. Mis desgracias veían llorar amargamente a mi madre. Ella, fue una mujer muy infeliz. Por otra parte, el monstruoso panorama y sus distintos escenarios, fueron poco a poco, concluyéndolo todo.

Siempre ansié vivir solamente con mi madre. Las ruinas de mi risa se habían vuelto sarcásticas. Éramos tres perros, por eso, era infernal vivir bajo el mismo techo. Nuestros ojos, oídos y narices comprendían los ladridos. Pero uno era un cazador disfrazado de perra, del cual había que correr y escabullirse, si era que se quería tener algún tipo de alegría. Mi madre y yo, fuimos solo un aullido que la civilización no alcanzó a oír, debido a eso, nadie nos pudo ayudar. Aunque, mi madre fue más una gota de agua que un ladrido, su corto fluir no le alcanzo para llegar al mar.

Capítulo 17

UNA ROSA EN EL JARDÍN

Mi último día con Lubina Roa. Gráficamente mi madre se desveló en el desván y cuando fue el momento de vernos por última vez las caras en la oscuridad, nos miramos con sonriente aire de complicidad. En ese entonces, vi mi rostro llorando a mi madre sobre el suelo, las lágrimas cayendo giraban y giraban sin parar de mis enormes ojos huecos. Tal vez, por haber llorado tanto, contraía mi cuerpo hasta quedar contra la pared y la miraba como esperando que todo eso concluyera. Los recuerdos de Franco, me cruzaban la cara como bofetones sueltos que, sonaban mojados hasta que me elogie por haberle ganado. Ya, todo había pasado, tan rápido que me puse contenta y abrase al inerte cuerpo de mi madre, y la bese en la cara una y otra vez, hasta que me regocije en calma. Era tan bella que, me quitaba el aliento.

Mi madre se había inclinado cuando cayó, entonces, le arranque de un tirón una de sus manos, para que, me acariciara el rostro como cuando estaba vida. Por un buen rato, no pude parar de mirarla con esa boca dura y hermosa de labios rojísimos, aunque en la muerte sus labios eran todavía más escarlata. Se le veía un brillo de dientes. De sus dientes había salido una nube de sangre esponjosa. Ella, ya no parpadeaba.

Era inútil tratar de regresar el tiempo atrás. Por gracia del destino, el frío sótano, no había borrado su sutil imagen. Era una imagen que otra vez salía de allí, de donde no se veía nada. Y curiosamente, sentí en ese instante, que ella era como una hormiga en pleno sol de mediodía, porque había trabajado en vanó buscando fósforos y velas para alumbrar la oscuridad. Y cuando, por fin, encendió la mecha, cargo la vela prendida, pero ya nunca más pudo ver al sol salir. Y tiempo, después, cuando, pudo mirar a uno de sus dos lados, tuvo miedo de la oscuridad. Como hormiga había trabajado yendo y viniendo en un total silencio, tan palpable que nunca perdió la esperanza de ser amada. Pobre de mí hormiga, murió creyendo que había sido la luz de mi oscuridad.

Lubina Roa había trabajado por las noches, por los días, removiendo mil cosas en revoluciones repentinas, ataques de furor y reminiscencias. Pero, concentrada sin causa visible dejo que, poco a poco, mi ofuscación se internara en su corazón. Aludió la existencia como si una goma de borrar le hubiera borrado la responsabilidad materna, tal vez por eso trabajaba cada vez más. Me repetía casi todo el tiempo, que vivía atrapada dentro de un enorme cristal. Me decía que estaba capturada por la vil supervivencia que había elegido. A veces, acercaba su nariz a uno de sus reflejos dentro de su invisible vidrio. Y de pronto, empezaba a sentirse orgullosa de sí misma. Se enaltecía de haber entrado por la puerta grande a la empresa en la cual laboraba como obrera, como hormiga. Tantas veces, escuché sus propios elogios con tanta intimidad, con tanta claridad que, me sonrojaba de pena por ella. Repentinamente, recordé que, cuando era aún bebe, le apretaba las llamas de sus dedos con mis manitas para felicitarla. Pero mis manos que un día estuvieron llenas de las suyas, en ese infeliz instante, solo andaban cubiertas de tierra, sangre y desolación.

Franco Maderos gozo de una honesta fortuna con la que hubiera podido satisfacerse con elegancia, pero él prefirió arrastrarse por mi inocencia. Desde su juventud, se torció hacia el alcohol. Luego, se empezó a regocijar en pequeñas ciudades. De ese modo, conoció a mi madre. Y como Lubina viajaba, le traía licores de alta calidad que lo mantenían muy satisfecho. Por años, malgasto la enorme herencia que su familia le había dejado. Fue hijo único como yo, eso fue todo lo que tuvimos los dos en común. Aunque, ese dinero no fue trabajado con el sudor de la frente de ninguno de ellos porque llego a su familia por suerte del azar. Nuestro último año juntos, había sido de guerra. Incluso, la palabra divorcio se había vuelto muy común en el ambiente familiar. Fuere como fuere, la separación era eminente.

Debía ponerme en marcha, debía buscar donde sepultar el cuerpo de mi madre. La muerte le había dado una palidez a su rostro espectacular, que en vida no había tenido. Lubina siempre cuido mucho de conservar su aspecto físico. Vestía trajes de sedas grises con capas de mayor intensidad. Había sido una de esas mujeres con capacidad de resistencia, y su aspecto físico permitía denotarlo. Mi madre era mucho más joven que Franco. Su piel aún estaba bronceada, aunque algo demacrada como si no pudiera descansar en paz, como si algo la perturbara. Sus verdes ojos se encontraban medio abiertos, estaban hostiles y estriados de sangre. Era pequeña y huesuda, bonita como una muñequita de cera. De cabello castaño y sonrisa fija que ascendía hasta llegar a sus verdes ojos.

Por primera vez, había advertido un problema. Era evidente que alrededor de la casa había mucha vegetación, pero no flores. Eso me abatió el alma, me patio el espíritu. Era depresivo ver tanto verde y negro. Era descabellado, pero mi madre era una rosa, era inmortal, era parte mía. ¡Dios mío! No obstante, pasivamente, me entregue a buscar donde crear un rosal. Me torturaba el placer de cultivar algo. Naturalmente, era lógico que no quisiera dejar de querer a mi madre. También, era lógico que, no quisiera alejarme ni un solo momento de ella. Así que, desde ese mismo instante, me dedicaría a cultivar rosas. Tendría mi propio rosal.

A ratos, me sentía abatida. Y tuve que, reconocer que la manera de cuidar espíritus era muy superior a mí. Aun y así, no desistí y busqué donde plantar mi rosal. Quizás, el patio trasero que daba a la cocina era el mejor sitio de toda la casa. Si, así fue, el patio se convirtió en mi rosal. Convertiría a mi madre en una preciosa rosa. De esa manera, la podía besar cada tarde, cada mañana, cada amanecer, cada vez que se me diera la regalada gana. Obviamente, la cuidaría como tan solo se cuidaba lo que, verdaderamente, se amaba. Fue horrible que estuviéramos obligadas a seguir en esa casa. Me urgió empezar a cuidar de mi madre, así que agarre una pala, un azadón y una pica, y no tarde en enmudecerme porque de por mi rostro, empezaron a salir gigantescas lágrimas. Lágrimas torturadoras que imitaban al aguacero que había caído horas atrás.

Tiempo después, estuve fielmente interesada en sentir, o por lo menos inferir, verazmente, todos los hechos que me habían llevado a cavar un rosal. Así que llevé la crueldad al máximo. Me arrepentí de no haberle confesado, gritado, a tiempo, toda la fealdad de Franco a mi madre. Le pedí perdón cientos de veces por verla sin vida. Luego, hundí mis pies en la letrina que estaba cavando, y me sometí en piadosos rezos, mientras mi voluntad miraba la serie de cosas que aún me faltaban por hacer.

Algo se había roto entre las dos, tal vez, era esa sensación de estar sola en el mundo. Mi soledad era la ausencia de su alma y de su cuerpo, en ese instante, había comprendido que, mi furia había sido más sucia que las manos de Franco.

Estaba rodeada de tanta tierra que, todo eso pareció el cruel razonamiento de una monstruosa pesadilla. Pero no había sido un sueño, así que nunca despertaría. Y como resultado de mi desesperación, adquirí aún más valor para odiar al género masculino. Pensé en sus sucios cuerpos, en sus grotescas manos, en sus erguidos miembros, y en todas sus asquerosas getas.

Al cabo de un espacio, bastante largo, de rodillas frente al cuerpo de mi madre, intuí, que debía obedecerla. Entonces, ajena a mi persona, me trasformé. Vi como mi horror ilusionaba, a mi fenómeno violento. Las desesperadas palabras, empezaron a salir por mi boca como con afán, como con prisa, como con miedo. Y con el dolor de mis labios, casi destrozados y llenos de tierra, le afloje, al yerto y tullido cadáver de mi madre, toda la verdad.

Le confesé, que desde hacía varios años que, estaba espantada, pero que, por esos últimos días juntos, había entrado en pánico, y que días antes, Franco me había obligado a masturbarlo con la boca. Había tenido su genital, dentro de mi cavidad bocal, por más de una hora. No supe qué demonios quería él que, yo le hiciera porque como loco presionaba con sus asquerosas manos, mis labios hasta que me indispuso para hablar, comer, o abrir ese orifico. Además, aumento su abúlico cuerpo sobre el mío y levanto bruscamente el peor aspecto que poseía, y de una manera idiota, pero sólida, había penetrado un trozo de madera tallado dentro de mi vulva. Parecía que hipotéticamente, estuviera desubicado de toda orbita humana. En días pasados, ya había tratado de hacerlo porque estaba maldito, ya que había notado que su pene no se erguía, no se ensoberbecía.

Engrupida y abrumada de lágrimas proseguí confesándole al cuerpo de Lubina todo lo que ella nunca hubiera podido intuir. Le dije: "El escruto y sombrío del Franco al verme empapada de sangre y sin sentido. Me llevo al hospital, tan solo un instante, antes de llamarte, pero escatimo todos los detalles porque uso todo como arma a su favor. Aunque la desesperación lo hizo amenazarme con hacerte lo mismo, si trataba de contarte la verdad. Debió sentir pánico porque me prometió que, si guardaba todo como un secreto entre los dos, después de verme recuperada por completo, él se marcharía para siempre y nos dejaría en paz". ¡Francamente no le creí! Pero con miradas de alguien que no deseaba vivir, le afirmé que sí, ya que intuí que, te iba hacer algo peor.

Proseguí con mi tarea, ya que le había confesado a mi madre toda la verdad y sin mayor dramatismo, sentí descanso. También, le confesé que jamás puse en duda que ella me pudiera cuidar. Y calladamente, silenciosamente, dirigí mis manos para empezar a cargar el cuerpo de mi madre, que ya estaba tieso, duro y pesado. No sé porque, en ese momento, presentí que, Franco seguía entre las dos. Y como no aguante el peso del cuerpo de Lubina, salí por unos minutos de la casa a tomar aire fresco. Al final y cerca del pasillo había unas cabinas, como estaba terriblemente triste, trate de hacer un cajón de madera. Sin embargo, no pude. Al no poder, me puse de mal genio. Pero rápidamente, pensé: utilizaría unas sábanas para arrastrarla hasta el rosal, lo haría con mucho cuidado. Diré que lo realice con arte porque me daba gusto tener su cuerpo completo conmigo.

En uno de esos instantes de rabia y desolación, volví mi vista satíricamente, contra ella y le grité: "Te equivocaste al atacarlo, él ya se iba a largar, pero finalmente nos mató a las dos y nos enterró en esta casa". Lo hice, también, para que, Franco me escuchara. Luego, tendí sabanas a lado y lado de su cuerpo y empecé a mecerla como quien arrullaba a un recién nacido, para que, no sintiera la crueldad de mis desalmadas manos. El paso que seguí, fue amarrarla suavemente, permitiendo que, las sabanas se adhirieran a su cuerpo. Sintéticamente, revise que estuviera bien envuelta entre las mantas como al estilo momia. De repente, me quedo la duda de si debí mudarla de ropa, o no. Pero desvestirla no hubiera sido sencillo porque estaba erguida. No supe si se enojó por tener sucia sus ropas en la eternidad. Aunque, las sabanas estaban impecables. Bueno, tal vez, no quise trabajar más de la cuenta. Incluso, intuí que estaba demasiado triste de tener que verla, así sin vida, a consecuencia de mi falta de atención.

Por un momento, todo me pareció claro y también desconocido. Vulgarmente, el frío probaba que debía arrastrarla con cuidado hasta la letrina, y así lo hice, aunque al subir los diez escalones del desván al primer piso, me hice blanda y humillada por tener que golpear feroz y bruscamente, a lo que más amaba. Por varios instantes, el cuerpo parecía devolverse, ya que su peso me ganaba. Luego, de algunos largos minutos, la frente se me echo a sudar por el esfuerzo y la espalda a ratos pareció partírseme en dos, o más pedazos. Toda la estancia en el desván se justificó en esos pesados kilos porque Lubina en vida gozo de una figura delgada. Entonces, la diferencia radico en la vitalidad que mi madre, me dio, en ese instante, debido a que la fragancia que empezó a emanar de su cuerpo, era lozanía, era tranquilidad, era amor, era belleza, era ella misma. Mi madre soltó un aroma que lejos de asustarme me alegro, quizás por lo eludible de su hermosura.

Cuando logramos salir al patio, el cielo sintió como yo que alguien mudo nos entendía, así que traté de animarme y cifradamente hice un camino de sabanas y cobijas que caminé con mi amada. Fue un momento mágico. La deslice suavemente porque era mi rosa y no quería despojarla de ninguno de sus pétalos. Jamás, perturbe su delicadeza con desagradables rasguños. Siempre supe que su olor perduraría conmigo en el jardín, en nuestro rosal.

Apenas terminé con la corta ceremonia, dentro del viento escuché su dulce voz. Una cálida ráfaga de suspiros y besos me acariciaban con amor. Mi madre nunca me desoló. Y a partir de ese instante, un solo deseo creció en mí; cultivaría a esa rosa con desdén, hasta ver envejecer a mi madre, hasta unir me con ella en la eternidad. No sé porque, pero extrañamente, me pareció que mi madre, me acariciaba el rostro con la palma de sus manos y el alma con su tenue voz. Incluso, canto para mí, así como cuando era una infanta que, la esperaba cada noche en mi cama, para dormir. Esa tarde, finalmente, en el jardín, logré corregir todas mis equivocaciones.

Capítulo 18

LA MAYOR ESPERANZA

Con el avance paulatino del entierro de mi madre, morosamente, escalonadamente, empezaron a pasar cosas muy raras. Detalles que había menospreciado, desoído, desatendido por completo. Entonces, me pretexté que no estaba cansada, ni hambrienta, ya que agitadamente, desde ahí, advertí que, no podía vivir sola, pues era aún menor de edad. Tenía ese gran detalle por resolver. Desde mi corta visión, no existía nadie que me pudiera acompañar, que se quisiera añadir a mí, que se quisiera asociar conmigo. Así, que, deje que, se apareciera ante mí, mi nuevo porvenir. Mi futuro estaba lleno de largas, e interminables horas en una cárcel de menores, o en un atroz sanatorio. Pero, porque yo tenía que ir a la cárcel, ¿por qué yo? Si, el demente era Franco. Era lo más injusto que había analizado hasta ese entonces. ¿Hasta cuándo seguiría pagando por los crímenes de ese miserable? ¡Qué tortura!

Pasé largos y eternos minutos masacrándome el cerebro, pensando en cómo evadir ese cruel encierro. Aunque, apuradamente, me disipé porque de alguna manera los tres éramos parte de ese círculo vicioso. Luego, de un breve instante, recordé a una vieja, que era casi hermana de Franco. Ella era la única visita que de vez en cuando recibíamos.

Usualmente, venía para rogar por una limosna, ya que nunca tenia ni un cinco en sus paquetes. Era una mujer solterona, pobretona y, en menor proporción que mi padre, alcohólica. Así que, deduje que, por tener techo, comida y alcohol, no me preguntaría mayor cosa, e investigaría lo mínimo. La mantendría lo más ebria posible mientras moría, que no creía que le faltara mucho, ya estaba algo pasadita de tiempo. Incluso, para mi beneficio era mujer. Ese análisis, facilito mi suplicio porque me alejo el nerviosismo que padecía y me regalo una esperanza.

No me fue difícil ocultar aquellos hechos porque para mí beneficio nunca fuimos personas sociables, así que nadie notaria el cambio. Inclusive, lo que casi siempre, nos había caracterizado entre el murmullo de las gentes del pueblo, era lo que solían secretearse entre ellos. De los unos a los otros, se decían que: "Los que viven en la casona, en la vieja bodega de vino, son gente muy rara, gente asolapada". En gran parte, tenían razón. Por otra parte, mi escuela quedaba a dos pueblos de distancia, debido a que, a mi madre, no le gustaba que me revolviera con la muchedumbre de aquella villa. En cuanto al trabajo de mi madre, únicamente, llame y suplante su voz. Haciéndome pasar por ella, aludí que, por razones familiares de gran peso, no regresaría por un largo tiempo a laborar. Aparte de escuchar un lo sentimos, nadie se opuso, nadie dijo nada más, así que hasta ahí, llegaron esos estúpidos viajes de mi madre.

Estuve por varios días estupefacta y despavorida limpiando cuanta muestra de mala vida había podido quedar. No deje ni la más mínima partícula de sangre, o golpe de agresión. Fui muy minuciosa, ojeé todo a ojo de lupa, examiné rincón por rincón de la casa, el lago y sus alrededores. Obviamente, recorrí varias veces el camino que conducía de la vieja bodega de vino, al pantano. Y, con lo único que me encontré, fue con el revólver y el oxidado machete. Entonces, los empaqué en una bolsa negra de basura. Luego, la rellené con piedras. Después, la subí a la lancha, y una vez más me eché a remar. Remé hasta el centro del lago. Y, por último, la arrojé sobre los despojos de Franco. Y, finalmente, de esa manera, concluí con todos esos delitos.

Cuando por fin salí a la calle, parecía una transeúnte más, no la muchacha que había dejado atrás a los cadáveres de sus padres, para dirigirse en busca de un salvavidas. Tomé aquel taxi y me encaminé a casa de la tía Berta Maderos. Por más que el taxi aceleraba, a mí, me parecía que no llegaba. Sentía, tediosamente, que me arrastraba por una misteriosa senda. Con los ojos impenetrables, llegue a media tarde. Page el taxi para que el conductor se marchara lo más rápido posible de ahí. Aun, en mi cabeza aparecían y desaparecían, como ráfagas de fuego, trozos de esos tediosos recuerdos. Todavía, algunos de esos hechos, emergían de mi conciencia y mi desolación.

Toqué la puerta y permanecí tocando hasta que la puerta se entreabrió. La tía salió. La mire sin verla. La tía parecía soñolienta, aunque sus ojazos se desesperaron al reconocerme. Le dije que me dejara entrar. Cáusticamente, me instale en el único sofá que la tía tenía. Ella, lucía un enterizo de color crema, tenía un aspecto perezoso, característico de las personas cuando recién se despertaban. Enseguida, me ofreció café. Bebiendo café, presentí que, ella era bondadosa porque partió el único pan que tenía en dos partes, una para ella y la otra para mí. Tartamudeando, le hablé de una supuesta huida de mi madre, que al parecer había sido causada porque le era infiel a mi padre. Luego de un par de minutos, le agregue que, mi padre había reaccionado ahogándose los pulmones con alcohol y drogas. Razón por la cual, él llevaba varios días desaparecido, sin llegar a casa. Finalmente, le dije que yo no sabía cómo afrontar esa situación y, que no deseé darles parte a las autoridades porque me hubieran llevado a un orfanato por ser menor de edad. Así que, necesitaba, urgentemente, de su ayuda. De repente, me eché a chillar como una cría recién nacida.

No sé porque la herí cuando le agregué que, ella no significaba nada para Franco, pero que para mí lo era todo en ese momento, tal vez traté de apelar a su lado bondadoso. En realidad, la conocía muy poco, casi nada. Aunque, a decir verdad, eso fue lo único cierto que le dije. Me dio la impresión de que todo se le hizo ridículo, sin embargo, aceptó irse conmigo, a fin de cuentas, no quiso esperar al dueño de su morada, ya que como casi siempre, no tenía el dinero del alquiler. Incluso, me sugirió que le prestara algo de dinero, si era que yo tenía. Le di un poco y noté que deslizo la mitad sobre la mesa. Entonces, advertí que había sido oportuna, pero estúpidamente le sugerí que empacara algo de ropa por si tenía que adecuarse a vivir conmigo. Espontáneamente, me respondió que mi madre la odiaba, y que ni loca dormiría allá. Tuve que improvisar rápidamente, le enfaticé que mi madre tenía muchísimos días sin ir, varias semanas de estar ausente de nuestras vidas, y que yo no creía que regresara, y que, si llegase a regresar, seria únicamente, para llevarse sus pertenencias del todo.

De inmediato, me cuestiono con gran asombro. Me pregunto: "¿Tú quieres que yo me quede contigo unos días?" Sin vacilar ni un solo instante, le repliqué que sí, porque Franco era un borracho que me producía pánico cuando estaba ebrio, y que, desde que mi madre nos había abandonado, él vivía endiablado casi todo el tiempo, e inhóspitamente me eché a llorar de nuevo. Fue la primera vez que sentí, la luz de su alma, cuando de inmediato y sin pensarlo, me dijo: "Natacha, hija, no había necesidad de hacer brillar tus ojitos, de ponerlos cristalizados, aguados, con gusto iré conmigo y te acompañaré porque no es tu culpa, el haber tenido a esos dos maniáticos por padres".

La tía Berta no había terminado de balbucear eso último, cuando sentí que la amaba como a una segunda madre. Pero equivocadamente, en ese entonces, en ese momento, ese día, solté más lágrimas de las que tenía que soltar. Aunque, eso la enterneció aún más porque me abrazaba fuertemente contra su pecho, como quien abrazaba al amor de su vida. Luego, simplemente empaco casi todos sus trapos y nos fuimos.

Desde afuera la casa lucia respetable. En la antesala habitaban, una lisa alfombra, cuatro sillas de mimbre, una pequeña mesa de vidrio y un discreto aroma a campo. En aquella época, la casa no tenía ni una sola planta adentro, ni una sola flor afuera. La hermana de Franco examino los periódicos que estaban sobre la mesita antes de entrar, en la antesala. La mayoría eran de años atrás, pero había dos del mes pasado que mi madre, recientemente, había llevado. Ella se veía muy nerviosa. Entonces, cuando vio que nadie acudió a su llegada, que nadie se deslizaba por el pasillo hacia ella. Aquel pasillo se dividía en dos cortos ramales con hileras de puertas cerradas. Luego, como dándole la bienvenida a su nuevo hogar, a lo lejos se oyó el cantar de un pájaro, canto rítmicamente por varios segundos. Al extremo del corredor, había una amplia estancia, y luego la cocina. La tía dio media vuelta, y empezó a llamar suavemente en cada puerta, decía: "Franco" "Franco" "¿Estás ahí?" A mitad de su recorrido, finalmente, forzó una sola sonrisa como de cordero arrepentido.

Realmente, nunca pude explicarme porque espió desde los sombríos extremos toda la casa. Como que no quería entrar. Esa espera, me pareció interminable. Aunque, ante mi insistencia, la hermana de Franco, terminó pasando. Desde que entró, se convirtió en mi salvación. Extrañamente, la ame sin límites porque en el fondo nunca dudo de mis historias y lejos de desmentirme, me prometió que, por mí, ella dejaría el alcohol y lo cumplió. La verdad sea dicha, la tía Berta trasformo mi cataclismo en un hogar para las dos.

Ajena a la verdad, pero presa de dar algunas explicaciones ante los vecinos, tía Berta empezó a argumentarles que su cuñada se había ido del todo a vivir con un tipo adinero, por el cual había enloquecido de amor. Y que, su hermano Franco se había hundido en el licor porque no quiso aceptar el abandono de Lubina. Y que, por esa razón, ella había tenido que mudarse a vivir con la pequeña de la casa, ósea yo. Para los inquietos del pueblo eso fue más que suficiente, ya que la tía Berta a diferencia de mis dos padres, era un ser amable, gentil y muy generoso. Incluso, ella hizo rápidamente, amistad con casi todos los habitantes de aquella comarca.

En una sola cosa, ella siempre tuvo la razón, en que Franco estaba hundido. Tía Berta nunca se preocupó por buscar a su hermano. Aunque a veces, se veía afectada con la idea de que mis padres pudieran regresar, pero velozmente, yo la tranquilizaba. La aferraba a todos mis proyectos, mientras que le agregaba que, si la pérdida de ellos dos, no era importante para mí, mucho menos tenía que serlo para ella. Por muchos años, todo marcho normal, ella se hizo cargo de la pobre niña desamparada porque era aún menor de edad. Y para todos los vecinos, la hipótesis de mi tía, fue cierta, ellos nunca discreparon, ninguna duda al respecto.

Fue fácil intuir que para tía Berta todo se profundizo en un orden perfecto, debido a que al menos por esa época, tuvo una hija por quien luchar, un techo fijo y dinero para vivir dignamente. Ya que, durante casi toda su vida, ella había sido como una limosnera. Ella había sido recogida a la fuerza por mis abuelos. A la fuerza porque los padres de Berta, murieron en un accidente cuando ella era aún muy pequeña. Y como, mis abuelos paternos habían sido sus padrinos de bautizo, y a la hora que quedó huérfana, ellos eran sus únicos familiares. Ellos fueron obligados a adoptarla. Y de seguro por esa razón, ellos no le dejaron ni un solo quinto. Tía Berta nunca gozo de la misma fortuna que Franco; quien, por haber sido el único hijo biológico de los Maderos, heredo toda la fortuna de sus padres. Físicamente, tía Berta era bien diferente a mi padre. La tía era de cara ancha, frente arrugada, ojos ausentes, nariz chata, boca dura, dientes torcidos, cuello grueso, cabello abundante, baja estatura, cuerpo rollizo y robustas piernas, pero de manos cálidas.

Y aunque, Franco había derrochado gran parte de su fortuna. Aún quedaba mucho. Mis abuelos paternos antes de morir, habían dividido todos sus bienes en tres partes. Una caja fuete con el sesenta por ciento, en la casa perteneciente a Franco. Un baulito con un diez por ciento, escondido en el desván para Lubina. Y un treinta por ciento, en el banco para su única nieta. Mi abuelo antes de morir, así lo había estipulado porque de seguro, sabía el tipo de hijo que había engendrado. Entonces, me puse al frente de nuestra economía, ya que con tía Berta, el camino se hizo menos pedregoso, menos medroso, con menos piedras, debido a que era más fácil, si se tenía con quien compartir la carretera.

Fue curioso que a Franco la vida le mandara la peste y a mi madre siete vidas. Después de todo, el peor miedo que siempre enfrente, fue a mi propia sombra. Tal vez, espié a mi propia culpa, porque, de seguro, había tenido mucho miedo. Aun y así, mi cerebro funcionaba cada día mejor. Había empezado a cultivar las rosas, día por día, notaba que se ponían más frescas, más bellas, más abundantes. Y lentamente, el temor se alejó de mis delitos ocultos. Aparentemente, desaparecieron, incluso me había convertido en una hija para tía Berta.

Tía Berta fue la vida renaciendo en el amor, fue la trama que el destino me tejió, sin que yo me hubiera dado cuenta, fue la esperanza siguiendo una senda, o un curso porque la amplitud de su corazón, nos estrechó a las dos en una sola alma.

Capítulo 19

ROSAS EN EL PATIO

Pasaron los años y me fui acostumbrando más y más a tía Berta. No sustituí el amor de mi madre. Pero tía y yo, fuimos mucho más que compañeras, fuimos almas gemelas. Y aunque, no fue tan simple, superar las experiencias vividas, mamá desde donde estuviera, me bendecía. Recuerdo claramente que, transcurrió algún buen tiempo en calma. Hasta que un día, tuve que reaccionar. Aunque, reaccione tarde ante esa desbaratadora llamada del hospital.

Cuando le empezó la enfermedad a mi tía, era casi imposible que muriera de ese mal, pero ese fue un desafío que ella no supo superar, ya que la atacó por los cuernos. Ella había matado la adición por el licor, había matado todos mis miedos, había matado casi todos mis recuerdos, pero no había logrado matar el curso de esa molestia, el curso de esa dolencia, de ese padecimiento, de ese achaque.

Apenas, si había colgado la bocina, cuando me encontré recordando que, hacía más de nueve años que la tía Berta se había sentado a cenar conmigo, por primera vez. Y desde ahí, nunca había dejado de hacerlo. Con exactitud, no recordé como esas pasajeras dolencias, habían desordenado su apatía y sus complejos. Entonces, me empecé a sentir desconsidera, ya que, desde un principio, ella se había ocupado de todo lo mío. Me había convertido en su ídolo. De repente, la memoria me llevo a mis quince años de edad. Ese día, mi tía, me había cosido, me había zurcido con sus propias manos un ridículo, pero hermoso vestido de quince años, lo vestí con orgullo y lo amé como a un invaluable tesoro. También, en ese entonces, reviví la cena de mis quince años, y aunque nunca estudie la razón por la cual utilizo flores artificiales para el centro del comedor, cuando ya teníamos bellas rosas naturales en el jardín. Empecé a recordar la increíble devoción con la que había horneado cada uno de mis pasteles de cumpleaños. Ella había convertido, mi estéril vida en un festín. Pero en ese momento, la feliz travesura se acercaba a su fin. Una tía como esa se daba cada cien años.

Esa llamada fue casi su último acto de vida. Me pregunte una y otra vez: ¿Cómo agradecerle todo el camino que había construido, para dejarme rutas en tan corto tiempo? Cercada por mi firme determinación de agradecerle en vida, con un hermoso beso, con un sutil rosé de manos, con una última mirada de amor, todo lo que había hecho por mí, en ese instante, conduje hasta allá, para tratar de convertir ese último encuentro, en un acto de infinito agradecimiento. Ella era toda la familia que tenía. Apenas llegué, aparqué el carro en la espaciosa explanada publica del hospital, junto a la entrada posterior para las ambulancias. Camine lentamente por el pasillo. A mitad del recorrido, las voces del personal médico me produjeron escalofrió. Por las paredes colgaban diagramas de vitaminas, carteles con información sobre enfermedades crónicas y rutinas de ejercicios.

Con mis helados ojos, fui hasta el despacho de las enfermeras. La enfermera jefa, era una mujer madura, que llamo mi atención porque tenía antebrazos de luchador y mirada de hiena. Ella, me miro de arriba abajo, casi logro desnudarme. Yo, vestía una blusa blanca semitransparente y una corta falda negra. Entonces, crispe mis manos en puños, en caso de que me atacara, le devolvería velozmente el puñetazo. Aunque, con un tono de voz sarcástico, me dijo que por el estado en el que se encontraba mi tía, no podía estar ni en el quirófano ni en el laboratorio, debido a que estaba llegando a su último aliento, y me restregó en la cara que ya me lo había dicho por teléfono. Luego, me agrego que, por esa razón, se encontraba en la primera habitación a la izquierda, que girara por el pasillo y entrara al cuarto de cuidados intensivo, que era donde ponían a todos los pacientes en estado crónicos, paliativo, o desahuciados.

Repentinamente, retrocedí un paso al llegar a la habitación porque la estaban poniendo boca arriba entre cuatro enfermeros. Un doctor estaba a su cabecera, la ayudaba a recuperar después de un ataque de vómito, sangre y tos. Suspiré profundamente y me senté en un sillón. Me miraron con aprobación. Luego de unos minutos, el doctor se me acercó y me dijo: "No hay nada que hacer por ella, se está yéndose, el ataque al corazón fue una oclusión coronaria producida por la gastritis que le reventó a causa de su indigestión". Mentalmente, reconocí que tía Berta usualmente comía, lo que no debía comer, arremetía que de algo se tenía que morir. Un par de días antes, habíamos celebrado su cumpleaños y ella, se había hinchado de comer y de beber hasta más no poder. Su estómago no lo aguanto. No le conteste nada de viva voz al doctor porque tenía un nudo de secas lágrimas atascadas en la garganta, le incline la cabeza y le asentí con una honda mirada para darle a entender que le había entendido y termine guiñándole las cejas.

Lamentablemente, mi tía, se me fue ese mismo día. No me hablo porque su voz se apagó mucho antes que su alma. Nos dijimos hasta pronto con los cuatro ojos hinchados de lágrimas, aunque mis pupilas sudaron más que las de ella. Las dos entendimos que ese era el final. No pare de acariciar, su inerte cuerpo y de idolatrarlo a besos, hasta que se puso yerto y tieso. Mi rostro se mostró impasible, poco inteligente y hostilmente preocupado. Arrojadiza y luciendo incrustaciones saladas en la pupila de cada uno de mis ojos, me arrodille ante sus despojos. Mientras me arrodillaba, iba mirando al cielo, al bajar la mirada, observé por la ventana, vi algunos árboles y noté que la distancia, entre una cosa y otra, era interminable. El mundo me destruía la vida, me torturaba. El amor que un día me había unido a ese precioso ser, había elegido ese orden perfecto para desunirnos. Solo Dios sabía que, yo hubiera dado mi vida por la de ella.

Berta Maderos murió de vejes más que de enfermedad. Pero antes de morir, ella había armado mi mundo. Desconsolada, arruine mi garganta porque me había atrapado la nostalgia. Por varias horas, me fusile ardientemente hasta convertirme en una inútil. ¡Dios mío como la ame! Me oía, me consolaba y jamás me hizo confesarle nada. Entonces, me confesé frente al espejo, debido a que a nadie amé en la vida más que a ella. Las dos habíamos estado casi siempre en todo de acuerdo, éramos la una para la otra.

Tía Berta, también, siempre, había odiado el lago de la casa, tanto o más que yo misma. Incluso, vivía diciéndome que, debajo de esas aguas asustaban. Yo, la apoyaba porque jamás me gusto ese charco. Ese pantano era la parte muerta, impúdica y oscura de la fachada. Ese día, como tía Berta había fallecido, fui un momento al estanque, y escupí miles de impúdicas palabras frente a sus aguas y, bostezando ampliamente, grité a todo pulmón que, nuevamente estaba sola.

El cortejo fúnebre de mi tía, fue breve, unos cuantos vecinos me acompañaron. Dejé el cuerpo en la funeraria para que lo incineraran. Días después, convertí sus cenizas en la única rosa roja de mi jardín. Cuando, estaba cavando la letrina para las cenizas de mi tía, había experimentado, la suave, fresca y blanca sensación, de que nuevamente, sentía, de cerca a mi madre. Entre palada y picada, me brotaban montones de lágrimas, mitad a causa del recuerdo de mi madre y la otra mitad por la pérdida de mi tía.

Esa noche no quise prender ninguna de las luces de la casa, entonces se entre recortaban las sombras de la silueta de la casona. Luego, crispe mis adoloridas mandíbulas como tratando de sonreír sin risa. No había nadie conmigo. Excepto la sombra de una nube que pasaba sin pasar. Así que avance por el patio con el cofre de las cenizas de mi tía, entre mis dos manos. Avance hasta tantear que quedara a un lado de mi madre. Iba provista de amor. Y como no tenía aliento, ni animo de respirar profundamente, lentamente, acomode el cofre dentro de la letrina y plante la roja rosa sobre sus diáfanas cenizas. Apenas plante la planta, decidí que iría cortando las rosas a medida que fueran floreciendo para observar cómo iba transcurriendo el tiempo sin vida.

Capítulo 20
DE MAÑANA A TARDE

Recapacité, regresé y desperté porque había perdido mucho tiempo recordando lo ya vivido. Entonces, pare de recordar a los desaparecidos. Me encontraba ahí, entre mis rosas con el Hugo. Estremeciéndome, por el prolongado descuido, de repente, exclame con un grito ensordecedor: "Si alguien no tiene compasión de mí, que se lo diga a Dios, Él le dará compasión y así tendrá compasión para esparcirme". Con ese larguísimo intervalo de tiempo que había perdido, no me había sacudido ni la tierra de las opacas ropas que vestía. Sacudiéndome, noté que Hugo seguía deambulando por el patio, era como un fantasma mudo porque no pude oír nada de lo que me decía. Absorta, me dirigí a la oficina y con algunos leves cabeceos cerca al teléfono, empecé a llamar a mis clientes. Logré cancelar todas mis citas de ese día, incluso cancelé todas las citas de ese resto de semana. Hugo había atrofiado y arruinado toda mi rutina.

Inesperadamente, me convertí en una marioneta nerviosa. Cuando me destrabé del teléfono, elegí no ir a la cama. Aquello no había tenido ninguna lógica. Entonces, me dirigí a un muro, a mi derecha tenia libros, pero no leí. Poco después, escuche ruidos en la puerta trasera. Permanecí indecisa. ¿Me levantaría para ir a chequear? ¿O seguiría esperando? Me levante, me ardían los ojos, mientras camine palpando hasta encontrar la puerta, me tambaleaba. Abrí el pórtico, tosiendo y llorando, en el exterior sentí el viento gimiendo. No vi nada, pero me arrastré como un gusano hasta la rosa de mi madre que, estaba justo en frente del túmulo estrecho de Hugo. Al otro lado de mi madre estaba mi tía Berta. Minutos después, me volvió a sacudir el viento frío y húmedo de ese ambiente, pero advertí que era un aire benéfico porque me había revolcado hasta el alma.

Luego, me coloqué boca arriba sobre el túmulo de tierra, justo en la cabecera, me había quedado el rosal. Después, empecé a contemplar el cielo, estaba casi totalmente despejado, busqué algunas formas de caras conocidas entre las escasas nubes que lo habitaban. Los rayos del sol empezaron a golpearme con fuerza. Presione mis costillas para descansarlas. Casi toda la piel de mi cuerpo estaba arañada por las espinas de las rosas. Eran huellas de la noche que había tenido que pasar. El ardor de mi piel, me hizo dirigirle una mirada crítica y vulgar al fresco montecillo de tierra donde había sepultado a Hugo. Entonces, le grité con rabia: "Espero que valga la pena tenerte entre mis rosas porque desde que usted se apareció en mi vida, solamente les caen leñazos a mis hombros". Pero fue en ese preciso instante, cuando reaccioné, y descubrí la cruel brutalidad que había cometido. Yo, no estaba gritando a una de mis rosas. ¡Me horroricé! Y grité de nuevo y con más fuerza: "Dios mío que hice". Por ninguna razón ese maniático, sería vecino mío, ni mucho menos un amigo cercano. Pensé rápidamente, en que debí haberlo sumergido en medio del lago, junto a Franco. ¡Nunca entendí que me pasó!

Me levanté velozmente y sacudiéndome di tres pasos hacia delante y dando media vuelta me dejé caer nuevamente, al suelo. Arrastrándome entre la tierra, acorté la distancia entre el túmulo de Hugo y yo. Luego, clave mis manos sobre esa tierra húmeda y sin fuerzas trate en vano de desenterrarlo. El sol era impetuoso y cruelmente me indispuso con su demasiada energía para terminar mi labor. Entonces, una vez más regrese a sentarme al lado de mi madre. No era novata en eso de cavar tierra, pero me encontraba agotada. Intente, sacar de la cabeza miles de ideas, hasta que el cerebro se me abrió por sí solito. Rato después, como respingaba sentada, me olvide del cansancio porque ese día veintidós de septiembre, había asesinado a un fulano que dijo llamarse Hugo, y sin duda alguna, lo hubiera vuelto a hacer sin el menor remordimiento, aunque yo solo había querido dejarlo paralitico, pero los bajos recuerdos, me habían abrumado a la hora de castigarlo, justo cuando lo estaba apuñalando por la espalda. Fuere como fuere así era la mala suerte de algunos.

Me concentre por un segundo en contemplar las rosas. Eran de diferentes colores, pero de igual textura, aroma y suavidad. Las de mi madre eran rosadas porque ella había sido tenue, tersa, delicada y además ese era su color favorito. Las de tía Berta eran rojas por el verdadero amor que nos profesamos. Las demás eran una combinación entre blancas y amarillas que junto al verde de sus hojas le brindaban a mi jardín un ambiente, totalmente espiritual. Pero las de ese fulano no tendrían ni color ni olor, ya que él nunca sería una de mis rosas, ¿entonces qué sería?

Había regresado a sentarme sobre el túmulo fresco de aquel extranjero. Había empezado a sentir las primeras sombras del sol, que a mis espaldas se asomaban. También había registrado concienzudamente a mi cerebro. Mentalmente, me había encontrado lívida, deprimida y pálida. Entonces, no me anime porque no me importaba nada de nada, y además carecía de empuje propio. Luego, decidí mirar las cosas por el lado negro. Después, noté que tenía mal sabor de boca, mal aliento. Un sabor amargo recorría mi cavidad bocal y bajaba hasta la boca de mi estómago causándome náuseas y ganas de vomitar. Así que, que me dirigí a la cocina por la última copa de vino que no alcanzó a devorarse aquél aparecido. Era una copa rebosante. Me la harté ferozmente, rápidamente, me la devoré, estaba sedienta, y sentí que me había caído bien.

Con el vino resbalando por mi garganta, pero medio atorado en la boca de la barriga, vi que una especie de humor satírico se arrimaba a mí, porque empecé a escuchar montones de tontas risas a mi alrededor. Entonces, les pregunte: "¿De quién se ríen?" Y rápidamente me contestaron: "Eres una loca descuida". Les respondí que sí. Luego, me preguntaron: "¿Por qué contaminaste lo puro con lo impuro?" Como no les conteste, un momento después, rumoraron: "Tu rosal siempre fue cultivado con desdén, con esmero, entonces ¿qué te paso?". En ese instante, me avergoncé de mi misma, tenían razón, eran risas honestas. Y hasta creo que empalidecí más de la cuenta. Así que, sostuve una pequeña discusión con esas risitas. En realidad, fue una riña entre lo puro y lo sagrado, pero ellas tenían toda la razón en juzgarme. Finalmente, me aconsejaron que acabara con lo poco que me quedaba de vida. En eso también, tenían razón, no servía de nada seguir destrozándome entre los humanos. Agarré la copa ya vacía y me dispuse a obedecerles. ¡Me suicidaría sin escape!

Horas más tarde, realice mi primer intento de suicidio. En la oscuridad nadie podía ver, pero sin duda pasaban cosas fantásticas, actos maravillosos, hechizos, encantos y hasta uno que otro conjuro mortal. Baje las dagas de la pared. Las tome entre mis manos y las lleve al remodelado sótano de techo bajo, paredes blancas y barras fluorescentes. Acercándome a la mesa de madera, coloqué las dagas y las cubrí con una ligera manta para no ver el resplandor del bombillo, brillando sobre el filo de ellas. Luego, puse las manos sobre las dagas para sentirlas y esperé un momento, mientras dije para mí misma: "Cada vez que se escucha la bruma del mar, significa que, al siguiente día, seremos menos". Maneé mi cabeza de un lado al otro, por varios segundos, como buscando valor. Después, recordé algunos de mis previos conocimientos sobre el envenenamiento con monóxido de carbono. Era mucho más digno sentir la asfixia del espeso humo que, tasajearme las venas porque sería sentarme hasta quedarme dormida para siempre.

Sabiendo lo que tenía que hacer. Me olvidé de la cautela. Y me dirigí al interior del garaje. Me cercioré de que estuvieran bien cerradas las dos puertas. Abrí la puerta del carro. La llave siempre la dejaba colgada. Lo prendí. Me subí y me senté. Me persigné como símbolo de respeto a Dios y a la vida. Puse sobre mi nariz una de las rosas de mi madre, que previamente había cortado, era hermosa, rosada, tersa, ingenua, buena, diáfana y además olía a gloria. Por último, recline el asiento del conductor para esperar a la muerte lo más cómodamente posible. Mientras pasaba el tiempo, el acre humo era profuso y me hacían toser y arder los ojos, de vez en cuando.

No dejé ni un solo instante de reprocharme por haber enterrado al violador de Hugo entre mis rosas. Mis nuevas amigas las risas me acompañaron hasta el final, incluso estaban nerviosas porque se carcajeaban a escondidas. Lejanamente, las escuchaba, mientras iba perdiendo más y más el sentido.

¡Alguien debió proporcionarme asistencia médica...!

Capítulo 21

ATURDIDA

Seminconsciente desperté caída en la cama de un hospital. Asenté una mirada borrosa. Tan pronto como llego una enfermera, le pregunte que: ¿quién había pagado por que yo estuviera allá? Me miro de reojo y llamo al médico. Minutos después, también llamaron a la policía. Conservé la boca cerrada por la amistad que me había unido a las anónimas risas. Los policías me interrogaron más que el médico. Uno de los policías me pregunto: "¿por qué trato de suicidarse en su garaje dejando escapar el gas señorita?" Mis manos se relajaron, salí de mi marasmo. Solté la lengua y le contesté: "lamento desilusionarlo, pero no me interesaba vivir. Estaba muy deprimida y en un angustioso ataque de ansiedad lo hice y ya. Y no me arrepiento. Lo que realmente lamento es que no haya funcionado". Otro de los policías asintió con su cabeza gravemente afectado. Y uno más dijo: "esa pudo ser una posible razón, lo dejaremos de ese tamaño por ahora, descase". Así que, asentó esa teoría como cierta. Entonces, les agregue: "comprendo que fue una locura, una verdadera estupidez, pero me pareció sencillo de realizar y fácil de hacer".

Un par de horas después, ante mí, se apareció la psicóloga del hospital, quien alcanzo a escuchar lo que una de las enfermeras me aconsejaba como prueba de superioridad humana. La enfermera me decía: "Mujer, yo he estado en peores circunstancias que las suyas y no por eso, he optado por llenarme los pulmones de gas, salvo cuando la saque a usted, arrastras de su garaje". Forcé una leve, e hipócrita sonrisa, mientras velozmente pensaba, de dónde diablos había salido esa horrenda mujer, porque estaba cerca de mi casa, si previamente, yo había cancelado todas las citas de esa semana. ¿Y por qué razón andaba tan cerca de mi propiedad?

Frunciendo el ceño izquierdo, se acercó la psicóloga a punto de protestar, pero tuvo que limitarse a morderse el labio inferior porque siguiéndola, ósea casi a su lado derecho, venia entrando, también el doctor, él venía con la boca en movimiento, venía diciendo: "Lo siento señoras, pero la paciente debe estar en absoluto reposo, al menos por un buen rato más". Sentí que me salvo la campana.

Cuando volví a ver a la enfermera, de inmediato la interrumpí para interrogarla. Como ella, no mostró una reacción contraria, sino todo lo contrario. Y aunque, parecía algo abrumada, su aspecto se notaba medio amigable. Era una mujer de piel morena, mediana estatura, ojos grandes, nariz respigada y pelo quieto, se llamaba Eloísa. Medio balbuceando su lengua entre sus labios con saliva, me dijo: "Salí a la calle, entre a mi coche y noté que salía humo de una parte de su casa. Aguardé un instante, hasta que recordé que usted vivía sola. Salí de mi vehículo, corrí y salte la barda y el pequeño muro, forcé su puerta, y entre al garaje. Luego quite el dispositivo de arranque y, me amarre un pañuelo en la nuca para tenerlo fijo sobre mi nariz y mis labios, después avance a tientas, palpando el costado del carro hasta tocar el asiento del conductor donde estaba usted. Me ardían los ojos mientras palpaba, encontré la llave, apagué el carro y tosiendo la cogí por los brazos y la arrastre como pude para afuera, la llevé hacia el exterior. La coloqué boca arriba y empecé a administrarle respiración artificial de boca a boca. Y eso fue todo". ¡Ja! Que irónico, fue para mí, el oír todo eso, supuestamente le debía la vida. Con la cabeza agachada, la boca casi cerrada y con un tono de voz apagado, le murmure unas gracias.

La interrogué mínimo tres veces más, y aún y así, no logré quedar satisfecha con esa información, ya que en mi cabeza zumbaba la primera frase que ella decía: "Salí a la calle", porque eso significaba que vivía cerca de mí, o que me conocía, o que tal vez sabía algo de mí, que yo misma ignoraba. Para mí, ella era una completa desconocida porque esa fue la primera vez que la vi. Además, también dijo que sabía que yo vivía sola. En fin, fuere como fuere, no pude continuar quemándome los sesos con esa fugaz declaración. Entonces, decidí, mirar el lado positivo de los acontecimientos, tenía una aseguradora y vendía seguros de todo tipo y aunque, casi nadie sabía que, vivía ahí mismo y sola, muy posiblemente, Eloísa pertenecía a ese pequeño grupo de individuos que lo averiguaban todo.

Tan solo dos horas más tarde la psicóloga regreso, me encontró de pie, llegando del excusado. Se presentó, me dijo que se llamaba Marisol. Tenía un aspecto tibio y blando, aunque su rostro no destilaba mucha confianza. Como acto seguido de la presentación, me invito a sentar, pero le dije que la oiría de pie, para que no se sintiera demasiado cómoda. Quise ser honesta con ella.

Entonces, ella prosiguió diciéndome que, en el diario vivir había templos dentro de los corazones. Templos que nos seguían para dónde íbamos, pero que solo existía un lugar donde tener paz y tranquilidad, y que ese lugar se llamaba Dios. Que, en el templo de Dios, los corazones temían al sentir que no entrarían para quedarse. Luego, agrego que mi corazón merecía entrar al reino de los cielos y vivir allá, junto a Dios, toda una eternidad. Seguidamente, me preguntó: "¿qué inquieto tu fortaleza para que hubieras querido huir del camino que Dios creo para ti, Natacha?" En ese momento, entre ella y yo, se deslizo un profundo silencio. Tras oír mi quieto silencio. Ella cogió mi mano derecha con cariño como tan solo la tía Berta lo había hecho años atrás. Luego, me insinuó que le cántara una canción porque deseaba escuchar a la voz de mi corazón.

Esa mujer hizo que me sangrara el alma en un santiamén. Creía ciegamente en Dios, entonces, en ese instante, mentalmente, pensaba si en verdad Dios podría custodiar mi corazón. Luego, la miré como a un ángel y con lagrimitas dentro de mis pupilas, me senté a su lado derecho y le pregunté: "¿De verdad quieres saberlo?" Ella asintió con su cabeza. Proseguí, diciéndole: "Es algo infinitamente pequeño que visita mi cuerpo y no me deja ver con los ojos abiertos. Debo regresar a la senda infinita del útero femenino y alcanzar a mi madre justo antes de que ella me hubiera engendrado, y cortar el embrión que nos ataba, cuando aún yo no había nacido, solo así, ella podrá, cambiar su destino". Marisol me sobo las manos con las suyas, me acaricio el cabello y me observo como quien miraba a un labriego.

Rato después, me murmullo entre dientes: "Natacha, admiro tu interpretación porque es muy fuerte, pero ¿qué tiene que ver el pasado de tu madre con tu comportamiento actual? Nuevamente, me había dejado muda, en silencio. Entonces, ella me agrego: "Natacha trata de conectarme los hechos porque tengo que mostrarte el camino que te conducirá directamente a Dios". En ese momento, sentí que Marisol no me dejaba alternativas porque me estaba prometiendo que, me conectaría directamente con Dios. Y, eso era lo que yo había estado buscado, durante casi toda mi vida. De modo que, empecé a soltarle todas las lágrimas que aún tenía contenidas entre las pupilas de mis ojos y la garganta. Después, de haberle chillado amargamente, durante un buen rato, le contesté con irónica rabia y desde el centro de mi alma: "¡perdón! ¿Qué? Que tiene que ver. Acaso no ves. Mi madre fue brutalmente asesinada por no saber su futuro".

El rostro de la psicóloga que, en un primer plano, se había mostrado curioso. Al escuchar mi narrativa, se congelo. Sus labios empezaron a temblarle. Trato en vano de tartamudear algo, no sé qué, pero su lengua se tulló por completo. Incluso, hubo un momento, en que temí por ella, porque pensé que tendría un ataque epiléptico, o algo por ese estilo. Después, sus hombros se decayeron y por último se dejó caer de espaldas al sillón. Me llevé mi mano derecha a la frente, la ironía continuaba. La cogí, luego, le cargué las dos piernas como a una desvalida y la acosté contra el viejo sofá que era áspero y apestoso donde estábamos sentadas dentro de la habitación, para que estuviera un poco más cómoda.

Por largos minutos no reaccionó, aunque si logro desesperarme porque después de todo la enferma era yo, no ella. Así que, di dos pasos hacia atrás y regresé a mi tiesa, e inconfortable cama con cara de camilla, y me cubrí las piernas con un cobertor peliblanco que Eloísa me había facilitado una hora antes, por el ambiente frío que se sentía ese día en el hospital, creo que fue porque habían fallecido más pacientes de lo normal. La enfermera me había comentado que, sufríamos de una fuerte epidemia gripal en toda la región que estaba cobrando un buen número de vidas.

Marisol ladeo la cabeza para mirarme. En ese momento, me tocaba el mentón. Ella aterrizo, se incorporó, aunque tambaleantemente, volvió a suspirar y me exclamo, con ojos casi muertos de miedo. Y caminando lentamente, hacia mí con sus piernas blandas, me dijo: "Bueno, no entiendo, ¿quieres explicarme?". Entonces, me fue fácil esquivarla, para contraatacar al fantasma de Franco, no deseaba confundirla, así que directamente le grite: "Es sencillo, mi padre empujo a mi madre hasta que la derribó al suelo, atrajo hacia él, el oxidado machete y se lo clavo en el cráneo, matándole todos los sesos. Mi madre quedo gimiendo y machacada en el piso con sangre en su cabeza, eso fue todo. Seguidamente, le pregunte: ¿Qué es lo que no entiendes?". Incluso, me atreví a agregarle que, en un par de días como esos, daría todo por terminado porque recordaba el brillante brillo del cabello de Lubina, ya que era un brillo muy parecido al de los diamantes. Y le aclare que Lubina Roa era mi madre. Creo, que como, me encontraba nerviosa, me miraba los dedos de mis manos, muy cerquita de mis ojos. Entonces, proseguí diciéndole, aunque esa vez, lo hice con nostalgia: "Mi madre lo curaba todo con besitos sobre mis pómulos". Súbitamente, en ese comentario sentí que el hospital era como un hogar para mí, porque Marisol fingió entenderme, pero se despidió tan pronto como pudo, huyo de mí. Lo último que me dijo y en un bajo tono de voz, fue: "¡Natacha, descansa un rato! ¡Regresare pronto!"

Nunca fui una loca precipitada. El aire de ese hospital me había despejo. Aparte la vista de la ventana porque recibí de nuevo la visita de la policía. Me sorprendieron sin aire. Habían regresaron porque querían que confesara, honestamente, no supe que cosa, antes de ponerme bajo las rejas. Me dijeron que estaría hasta mi vejez, y les quedaría debiendo condena, sino aclaraba la versión de la muerte, o desaparición de mis padres.

En una esquina del cuarto, todos ellos, conversaba acerca de mí, luego, estallaron en preguntas desde todos sus labios. Sus crueles fogonazos me hicieron entrar en estado de hielo. En ese instante de frío, ante la puerta se apareció Marisol con el doctor. Ellos dos, evitaron la cruel tortura, ya que esos cuatro policías, aun no me habían esposado, pero tenían las esposas abiertas, sobre unas de sus manos, y muy cerquita a las mías.

En tono alto y con una leve sonrisa Marisol quien por un breve instante gozó de todas las pupilas que se encontraban allí. La observaron como quien veía por vez primera vez a una bella doncella. Obviamente, la mayoría de esos ojos, la miraron con hostilidad. Marisol, sorprendida y rutilada de indignación, junto al doctor que era un tipo rollizo, pero manicurado y muy digno. Ellos dos formaban un dúo perfecto. Entonces, el doctor astutamente dijo: "Está enferma, esta paciente es completamente demente, es maniática". Sorprendentemente, todos los policías, allí presentes, hicieron caso a esas palabras. Apreté mis delgados labios en señal de apoyo a lo que había dicho el doctor, apoyado por la psicóloga. Después, empuñé los dedos de mis manos en forma de amenaza. Lo hice porque creí más conveniente quedarme en el hospital que perderme dentro de las rejas.

Los muchachos de la policía me interrogaron una y otra vez, naturalmente en frente de la psicóloga y el doctor, ya había dicho que ellos dos, hacían un buen equipo. Al parecer tenían muchas preguntas porque previamente habían inspeccionado mi casa. Les conteste una o dos. Por aquello de la ley del talión, obviamente ardía en deseos de venganza. Francamente, se habían metido a mi casa sin haber sido invitados, al igual que Eloísa, a quien ya tenía entre ojos. Eso era una violación a los derechos ajenos. Me indignaban, incluso hicieron que me hirviera la sangre que corría por mis venas porque si había algo que nunca había tolerado, había sido el abuso en contra los desvalidos y en ese momento, yo pertenecía al grupo los desvalidos. Muy dentro sentí que estaba pasando por una tragedia humana y que, debía auto comprarme, algún tipo de a seguranza. Increíblemente, era la primera vez que, de algún modo, estaba pensando en que los seguros si servían porque protegían al desvalido. En ese entonces, no tuve ni la menor duda, de que la miseria humana venia acompañada del abuso social.

En esos agónicos minutos, tome una firme decisión. En esa ridícula hospitalización que se prolongaría por un largo tiempo. Haría adivinanzas en voz alta para que me pudieran oír las rosas del patio y mis amigas las anónimas risas, de esa manera, no las abandonaría por completo. Además, mientras tanto, podía, de alguna manera, complacer a Marisol cantándole canciones desde el fondo mi corazón. Así, como ella, me lo había pedido. Cante y decante una y otra vez que, Franco Maderos era un violador que fue asesinado, despedazado y lanzado a ¿dónde? A ¿dónde? No lo sabía, nunca lo recordaría y si era por mí, nadie, nadie nunca lo sabrá. Cante, cante y casi no pare de cantar.

Después de cantar por un espacio de media hora, malignamente me aturullé de candor, me enrollé en el cobertor peliblanco y me acosté en posición fetal para dormir. Me dormí porque al día siguiente, volvería a cantarle a Marisol la misma canción y, así seguiría hasta encontrarle ritma a mi canción, o sentido a mi larga hospitalización.

Seis semanas después, por corazonadas repiqueteé que, ese sería mi último instante en el hospital. Sobre el cristal trasparentado vislumbre a un par de policías que se aproximaban con Marisol. Una luz repentina ilumino mis penumbras. Absorta en mis pensamientos, respingue sin decir nada. La muda indiferencia de mis amigas las anónimas risas, me habían acostumbrado a todo. Los dos policías afirmaron que debían acompañarme a un traslado de hospital. Seria conducida a un sanatorio para enfermos mentales. Esa vez la que apretó sus delgados labios en señal de apoyo, a lo que decían los dos policías, fue Marisol. Me basto con eso, los acompañé.

Momentos después, estaba en mi nueva casa. Entonces, ni reflexione, ya que ni siquiera levante la cabeza. Aunque, si oscile mi barbilla de lado a lado sobre mi pecho. Entraban y salían con camillas, algunas veces, no eran camillas, eran sillas de ruedas. Entonces, me preguntaba a mí misma si, lo que cargaban eran muertos. Ya que, no veía ni sangre ni señales de violencia. Pero tenían caras hinchadas y manos empuñadas, en posición de cortar nervios, carecían de olor, y se notaban amargados.

Horas después, sin lucha ni oposición permití que me cogieran de las manos. Me ayudaban a conocer el jardín y el santuario de aquel lugar. Aunque, de vez en cuando, se me aprecian unos enfermeros, eran unos nuevos empleados de aquel piso, de aquel sanatorio, donde yo me encontraba, me sostenían de los brazos y en voz baja me decían: "Aléjese de los detalles y váyase a su choza", sobretodo, me lo decía el más fornidito, era un individuo de honda voz gutural, macizo, de grueso cuello y cuadrada cabeza. Porque, me lo decía, nunca lo supe.

Meses después, tuve la sensación de ir rodando por un terraplén, hacia un abismo sin fondo, mientras algo me golpeaba durante esa larga caída, y cuando por fin, había tocado el fondo, moví mi cabeza hasta que mis ojos lograron conectasen con mi cara, y mi cerebro comprendió que se hallaba tendido en la alfombra de Aladino. Fue entonces, cuando me maldije a mí misma, por no haber sabido aprovechar esa oportunidad. Porque, de repente, mi aspecto se había convertido en áspero y trémulo, y como nunca había sido una gata que invitara al arrulló, debido a eso, nadie me hacía visitas de cortesía.

Capítulo 22

SIN RESCATE

Para la gente rara nunca hubo imposibles. Siempre pensé que el tiempo pasar si prisa, que pasaba, únicamente por pasar, aunque seis años después, supe que no. Las caras permanecían con los ojos abiertos y sus pieles con rabia dormida. Respire trabajosamente, apuradamente, y arduamente porque, finalmente, junto a mi cama había una pequeña alegría, era un papel que hablaba de volver a abrir las puertas y ventanas de mi casona. El lapicero golpeaba las hojas de papel como pretendiendo, resolverme, todo el pasado con una sola firma. Afuera todo era normal, alegrías, frivolidades, cajones, sonrisas y tercas preocupaciones. Nadie tenía apuro, sin embargo, la espera era inútil porque la tormenta era un infierno agazapado dentro del corazón. Y de pronto, ese lapicero me había traído, el olor de las flores de mi jardín. El olor de aquellas rosas que en vano habían permanecido, atormentadas por las largas ausencias de mis viseras. Entonces, no lo pensé más, tome el lapicero entre mis dedos, firme aquel papel, donde, además, también, aceptaba mi traslado. Días después, inauguré mi propia casa como un asilo de dementes. Torpemente, me convertí en mi propio huésped.

Obviamente, había actuado inconscientemente porque ocultamente, la fuerza que había soplado con esa firma, había imaginado a mi lado que los pájaros me darían, secretamente, alguna razón de lo que había sucedido con mis rosas. Los salvajes latidos del corazón, vaciaron mi alma sin advertirme antes del desamparo. De pie, entre el canto de los pájaros, luche contra el esfuerzo inútil que arrastraba la incredulidad, esa horrenda incapacidad que comía durante la noche, justo cuando las oscuras camas se engrandecían. Entonces, apenas estuve frente a mi casa, tomé la perilla y abrí la puerta. Me había invadido una extrema rabia. Tenía desespero por entrar a mi propia morada. Ya que, incógnitamente había escuchado que nunca nadie, había podido encontrar los huesos de Franco y Lubina.

Previeron todos los obstáculos porque solo distinguí en el sitio el relleno de polvo que flotaba sobre el lago. En el cual, también, flotaban situaciones prolongadas. Por varias horas, permanecí silenciosa. Después, descifré el alcance de mis sentidos. Había demolido hasta el suelo para construir ese manicomio, lo habían llamado: "Casa de Retiro Maderos". De seguro, ese nombre se derivó de la locura domestica de la tía Berta y, a causa de que no existía ningún otro heredero más que yo.

En ese momento, me encontraba atada a la vida por las tullidas enfermedades, causadas por los brutales recuerdos y la extensa estadía en el sanatorio. Y porque, internamente, me revolcaba en las envueltas pesadillas de los cadáveres acumulados dentro de mi memoria, dentro de las inmundicias humanas, dentro de las frustradas sofocaciones de mi alma. Entonces, con un tenue olor a castigo, desde mi segunda llegada a mi casa, deseé nunca haber nacido.

A diario me miraban fijamente algunos ojos y me tocaban algunas manos, me examinaban a ver si tenía algo por dentro. Pensaba al verlos que, los extremos cada vez eran más distantes porque hacían fila para ver espectáculos. Las autoridades querían saber si me mortificaban los residuos de los cadáveres, o si les podía dar algún indicio de donde estaban, de donde los había sepultado porque se pudrieron sin haber sido encontrados.

Y aunque, una vez mi complacencia fue protegerlos. Al ver desde lejos al sabio árbol. Había recordado, claramente, un día en especificó. Y ese recuerdo, me hizo dirigir, mi visión al lago. Había sido un recuerdo más muerto que vivo. De modo que, apoyé mi puño cerca al alto y viejo árbol. Quería darle un solo puñetazo en agradecimiento a su gran concejo. Pero las aguas del pantano, en ese momento, me entorpecieron. Ya que, únicamente, volteaba a ver hacia el centro de aquel mugriento estanque, y por mucho que me esforcé, por no mirarlo, no supe mirar hacia otro lado. Melancólicamente, los sentimientos de culpa acertaron en amargarme. En amargar mi estadía de vuelta allí. Me había entregado a esa repelencia que perecía un muro. El muro que vanamente separaba los sueños imposibles del llanto.

Por momentos, la casa se me hacía grande, ya que sentía a esa soledad que solía ser estática. Una soledad que me permitía anónimamente, ser ajena a mi destino. Extrañamente, el tiempo, mi tiempo se arrastraba por los tiempos de mi adolescencia, donde nunca mis horas habían respirado. De cuando en cuando, me pegaba al vidrio de la ventana como alma sin tiempo. Llegue al extremo de dejar que, las piedras de la casa pensaran por mí, debido a que sus risas se cruzaban con las carcajadas del lago. Esas carcajeadas, cargaban dentro de su trasparencia, toda mi inocencia.

Me habían devuelto las llaves de un cementerio y en los cementerios existían, únicamente muertos. De modo que, en cuanto las tuve cerca de mis manos, realicé algo perfecto.

Sacudí mi cabeza de lado a lado, porque la luz se fue esa misma noche, cerca de las once. Luego, sentí que unas santas voces me decían, que apenas los estrechos cristales se abrieran, dejara de ser lenta, ya que alguien entraría por la puerta a la habitación. Y que, con vocería, yo podría completar, lo que un día atrás, había sido mi misión.

Segundos después, golpeé con más de un golpe mudo a esas sombras cenaoscuras cuando abrieron la puerta de mi cuarto. Seguidamente, arañé las paredes y abrí la ventana para hacer visible el lago. Vislumbre a esas ruinas que nunca fueron cordiales conmigo, y una vez más, trasformada en valentía, abrí la puerta de par en par y me incorporé a correr. Apenas salí, noté que la luna brillaba con más ímpetu que la noche anterior. Exaltada paré frente al tubuloso charco. Y voltee atrás para ver si alguien me seguía, nadie se veía venir. Todo seguía oscuro, aun no regresaba la luz. Entonces, sentí que nada estaba fuera de la ley. Y como no vi la lancha, estaba en mi derecho de echarme a andar sobre el agua. Una vez, en el fondo del pantano, revolcaría por última vez a Franco, lo escupiría porque, todavía cargaba asco por él.

La electricidad estuvo de mi parte, no regreso antes del primer canto de los pájaros, al llegar el alba. De seguro, la energía, sabía que, yo no era cobarde. Aunque solo, había alcanzado a compartí con ella, algunos, pocos rencores. Los rencores que hablaban desde mis adentros, desde mi alma.

Yo era la única que quedaba de la familia, conmigo el círculo se cerraba. Por fijo, nos ramificaríamos en otra parte, habían trascurrido más de quince años desde nuestra última escena. Entonces, nos había llegado la hora de pedir piedad, y eso era más que merecido. Desde mi punto de vista, se habían abierto las puertas para dejar atrás los resentimientos, los rencores, obviamente, si era que los podía descargar de la memoria.

La temperatura del rencor, había desparramado el tiempo que, cargaba por dentro en un último viento. Aguarde la campanada de las doce de la noche, antes de tullirme, para que las brujas de la medianoche, trasformaran el tiempo en una pesadilla. Luego, me ajuste a las zambullidas aguas y a los montones de demonios que flotaban junto a las contaminadas ruinas de mis inocentes rosas. Creía firmemente que, mis despojos destruirían los hechos del pasado.

Esa despabilada noche, en todo el huerto solo se escuchaban, los despampanantes gritos de las marchitas rosas que, envueltas sobre sábanas blancas, vociferaban a grandes voces, lamentos eternos, gemidos sollozados, y gritos desesperados. Mientras mi cuerpo iba flotando sobre las turbias aguas del pantano. Las anónimas risas, me iban reviviendo los crueles recuerdos de mi pasado. Entonces, con enormes y siniestras carcajadas, me fui silenciando.

Había sido una excelente guerrera, me había ido introducido en el agua y me había ido encaminado hasta su sucio fondo, a cada paso de más, el agua me iba consumiendo, como si hubiera llevado mucho tiempo esperando ese momento. Finalmente, flote, flote y flote y aun no paro de flotar.

Como dije hace rato, soy Natacha Maderos, charlatana por herencia que aún vive en el centro del lago de la casa de retiro Maderos. Y aunque, nunca más escuche cantar a los pájaros, todavía me despierto gritando, gimiendo, gimoteando, y sollozando dentro del desespero que me da el vivir en el centro del charco. De modo que, aun no he parado de mirar su centro. Miro su suelo todo el tiempo, lo miro y lo miro y no parare de mirarlo nunca jamás.

¡Nunca conocí la noche, pero me encontré con ella dentro de un beso eterno!

MI QUERIDO LECTOR

La ignorancia conduce hacia una empinada montaña que en realidad no existe.

Un alma corta tiene un corazón frío porque no conoce su origen, simplemente es víctima de las excusas. ¿Cómo puede entender lo que significa sentir el calor de un auténtico beso, oler la fragancia de una tersa rosa o escuchar una preciosa melodía sin que el miedo se interponga entre ella y la existencia?

Los caminos tienen partes que requieren de una verdadera coraza. La buena disposición indica el viaje y desbloquea el camino. La ruta que empieza en el silencio conduce al conocimiento, llega la voluntad y entre árboles altos se dirige a la osadía. Es su propia lucha por una armadura de amor.

Dios no divide la ruta ni la buena disposición, se une a la exploración porque está acostumbrado a filtrarse por los ojos que lagrimean con sentimientos auténticos. Este bello caballero espera pacientemente; pareciera mostrar las puertas que dirigen el camino hacia la salida correcta.

La mayoría de seres se atrapan entre sus propios barrotes, hacen que sus vacíos escondan la verdad.

Nadie encuentra por si solo el camino de la fuerza sin la ayuda de Dios, que lo conduce a la quietud absoluta.

El miedo a la soledad rompe los sentimientos porque el pensamiento se estanca en la pérdida de tiempo. El silencio únicamente debe de ser interrumpido por lágrimas.

Si tú eres tu verdadero yo, debes pretender ser consciente de ti mismo. Sin lugar a dudas sales de un sitio tal como entraste. Además, la desnudes de tu ser interno no es otra cosa que ese sentir por el otro, que de hecho te hace oír a tu verdadero conocimiento.

La fuente de tu conocimiento la construyes junto a Dios porque es para todos. Tu oscuridad es preciosa, te deja filtrar rayos de luz. Tu negrura es temerosa, pero si descifras el amor sin necesidad de añadirle encanto, dejarás de agotarte a causa de culpar a otros. La injusticia que habita dentro de la necesidad, específicamente de tu necesidad; se creó porque no te amas a ti mismo.

Maria Moreno